Publié avec l'autorisation de HarperCollins *Children's* books.
© 2000 HarperCollins® Publishers Inc.
Texte copyright © 2000 Lemony Snicket.
Illustrations copyright © 2000 Brett Helquist.
Titre original : A Series of Unfortunate Events. The Miserable Mill
© Éditions Nathan/VUEF (Paris – France), 2003 pour la présente édition.
Conforme à la loi n° 49956 du 16 juillet 1949 sur les publications destinées à la jeunesse.
ISBN 209282357 – 4

Les désastreuses aventures des orphelins Baudelaire

Cauchemar à la scierie

de **Lemony SNICKET**
Illustrations de **Brett HELQUIST**
Traduction de **Rose-Marie VASSALLO**

Nathan

Pour Beatrice

Mon amour voletait
papillon de nuit
quand une chauve-souris a piqué sur lui,
l'a happé d'un trait
— et tout est fini.

Chapitre I

Tôt ou tard dans votre vie – en fait, très bientôt, je parie –, vous vous lancerez dans une lecture et vous noterez que, bien souvent, la première phrase d'un livre en dit long sur le genre d'histoire qui va suivre.

Par exemple, lorsqu'un livre commence par cette phrase : « Il était une fois une famille de gentils petits écureuils qui vivaient dans un arbre creux », il y a de fortes chances pour qu'on ait affaire à une bande d'animaux malins, qui parlent et font des farces en tous genres. Lorsqu'il commence par cette phrase : « Emily s'assit et baissa le nez vers les crêpes aux myrtilles que venait de lui servir sa mère, mais elle était trop angoissée à l'idée de ce camp de vacances à Grattecime-les-Pins pour avaler une bouchée », il y a de fortes chances pour qu'on ait affaire à une bande de filles délurées, qui s'amusent comme des petites folles et n'arrêtent pas de pouffer de rire. Et lorsqu'il commence par cette phrase : « Gary huma le cuir de son gant de base-ball flambant neuf, tout en guettant son copain Larry au coin de la rue », il y a de fortes chances pour qu'on ait affaire à une bande de garçons remuants, qui se démènent comme des enragés et décrochent une coupe ou un quelconque trophée. À partir de là, selon que vous aimez les farces en tous genres, les fous rires, les quelconques trophées, vous saurez quel livre choisir et lequel remettre sur l'étagère.

Mais le livre que vous venez d'ouvrir a pour première phrase : « Par la vitre encrassée du train, les orphelins Baudelaire regardaient défiler les troncs de la forêt de Renfermy, noire et lugubre à faire frémir, et se demandaient si leur vie allait enfin prendre un tour meilleur. » Rien qu'à la lire, vous devinez que l'histoire va être bien différente de celle d'Emily, de Gary, ou des gentils écureuils. Et la raison en est simple : la vie des orphelins Baudelaire – Violette, Klaus et la petite Prunille – diffère considérablement de la vie de la plupart des gens, ne serait-ce que par la quantité de misères, d'épreuves et de coups du sort qui tendent à s'abattre sur eux. Faire des farces en tous genres ? Ils ne demanderaient pas mieux. Mais ils n'en ont jamais le temps, ils sont trop occupés à éviter le pire. S'amuser comme des petits fous ? Les pauvres, ils n'auraient rien contre ; mais ils ne savent même plus ce que c'est, depuis qu'ils ont perdu père et mère dans un terrible incendie. Et s'ils devaient décrocher un trophée, ce serait la Coupe du monde de la Guigne et du Pétrin. C'est injuste, mais nul n'y peut rien.

Quoi qu'il en soit, maintenant que vous savez quelle va être la première phrase de ce livre – « Par la vitre encrassée du train, les orphelins Baudelaire regardaient défiler les troncs de la forêt de Renfermy, noire et lugubre à faire frémir, et se demandaient si leur vie allait enfin prendre un tour meilleur » –, libre à vous de le refermer si vous n'avez aucune envie de lire une histoire triste à pleurer.

Par la vitre encrassée du train – voilà, cette fois, c'est la première phrase –, les orphelins Baudelaire regardaient défiler les troncs de la forêt de Renfermy, noire et lugubre à faire frémir, et se demandaient si leur vie allait enfin prendre un tour meilleur.

Tout à coup, en crachotant, le haut-parleur annonça que le train approchait de La Falotte-sur-Rabougre – La Falotte où précisément habitait leur nouveau tuteur. Et chacun des enfants, sans mot dire, se demanda comment on pouvait habiter un endroit pareil, aussi gai qu'un fond de placard.

Violette, l'aînée du trio, contemplait depuis un moment ces arbres au tronc si dénudé qu'on aurait dit des tuyaux géants. Inventrice dans l'âme depuis l'âge de quatre ans (donc depuis une dizaine d'années), Violette échafaudait sans trêve dans sa tête les plans de machines compliquées – surtout lorsque ses cheveux étaient noués d'un ruban afin de bien dégager son front. À l'instant même, elle réfléchissait à un engin permettant de grimper aux arbres en tuyau de poêle.

Klaus, son cadet, contemplait depuis un moment le sol de la forêt, tapissé d'une mousse brune et grumeleuse. Lecteur avide depuis l'âge de six ans (c'est-à-dire la moitié de sa vie), Klaus s'efforçait de récapituler tout ce qu'il avait lu .

sur les mousses et de se remémorer si certaines étaient comestibles.

Quant à Prunille, la benjamine, elle contemplait depuis un moment les nuages gris en suspens au-dessus de la forêt, pareils à une toile de tente détrempée. (À vrai dire, elle était trop petite, et assise beaucoup trop bas, pour contempler autre chose.) Dotée de quatre dents seulement, mais plus tranchantes que celles d'un castor, Prunille n'était guère plus qu'un bébé – un de ces fameux « moins de trente-six mois » dont parlent les étiquettes de jouets – et sa grande passion, dans la vie, c'était mordre. Il lui tardait de découvrir ce qu'elle allait pouvoir se mettre sous la dent à La Falotte-sur-Rabougre.

Mais Violette avait beau rêver d'une invention fabuleuse, Klaus avait beau mijoter une passionnante enquête sur les mousses, Prunille avait beau actionner les mâchoires en guise d'exercice prémordicatoire (mot qui n'existe absolument pas mais absolument nécessaire ici), à voir la forêt de Renfermy, si sombre et si rébarbative, les trois enfants se demandaient s'ils allaient vraiment se plaire là où on les envoyait cette fois.

— Charmante forêt, commenta Mr Poe, puis il toussa dans son mouchoir blanc.

Mr Poe était le banquier en charge des affaires Baudelaire depuis le terrible incendie. En toute honnêteté, je dois dire qu'il ne faisait guère du bon travail. Il avait deux missions essentielles : confier les enfants à un bon tuteur et veiller sur l'immense fortune que leur avaient laissée leurs parents. Gérer les gros sous étant son métier, on peut supposer que Mr Poe s'en acquittait honorablement. Mais pour ce qui est de procurer un nid sûr aux orphelins, chacun de ses choix à ce jour s'était révélé un fiasco, mot qui signifie ici : « échec total plus tragédie, plus coups tordus, plus comte Olaf ». Le comte Olaf, il faut le préciser, était un odieux individu qui ne rêvait que de s'approprier la fortune Baudelaire. Pour ce faire, il était prêt à tout. Par trois fois déjà il avait frôlé le succès, par trois fois les orphelins avaient déjoué ses plans in extremis (autrement dit, quand il était moins une). Et tout ce qu'avait fait Mr Poe jusque-là, c'était de tousser dans son mouchoir.

Pour l'heure, il accompagnait le trio à La Falotte. Il m'en coûte de le dire, mais le comte

Olaf risque fort de réapparaître dans ce récit,
et Mr Poe risque fort de n'être pas plus efficace
que lors des épisodes précédents. Cependant,
nous n'en sommes pas là.

— Charmante forêt, répéta Mr Poe, sa quinte
de toux passée. J'ai dans l'idée que vous allez
vous plaire, ici, les enfants. Je l'espère en tout
cas, car à ma banque je viens d'être promu sous-
directeur du boursicotage, de sorte que je n'ai
plus une minute à moi. Si les choses tournaient
mal ici, je n'aurais d'autre solution que de vous
envoyer en pension, du moins le temps de vous
trouver un nouveau gîte. Aussi, tâchez de bien
vous tenir.

— Oui, Mr Poe, promit Violette.

Elle se retint d'ajouter que, jusque-là, ils
s'étaient toujours fort bien tenus, et que les
choses n'en avaient pas moins tourné mal.

— Au fait, s'avisa Klaus, il s'appelle comment,
notre nouveau tuteur ? Vous avez oublié de nous
le dire.

Mr Poe tira un petit papier de sa poche et le
lorgna longuement.

— Il s'appelle… Voyons… Mr Wuz, euh,
Mr Qui… Je… Ce nom est imprononçable.

Beaucoup trop long, trop compliqué.

— Je peux regarder ? demanda Klaus. Pour essayer de voir comment ça se prononce ?

— Sûrement pas, dit Mr Poe, renfonçant le papier dans sa poche. Si c'est trop compliqué pour un adulte, ça l'est forcément pour un enfant.

— Gnaffi ! lança Prunille.

Comme la plupart des tout-petits, Prunille s'exprimait dans une langue assez difficile à traduire. Par *gnaffi*, elle entendait sans doute : « Mais Klaus lit des livres très très compliqués, vous savez ! »

Mr Poe fit la sourde oreille.

— Il vous le dira lui-même, comment vous devrez l'appeler. Vous le trouverez dans les bureaux de la scierie Fleurbon-Laubaine. C'est à moins de cinq minutes de la gare, à ce qu'on m'a dit.

— Vous ne venez pas avec nous ? s'alarma Violette.

Mr Poe toussa derechef.

— Non, désolé, dit-il en émergeant de son mouchoir. Le train ne fait halte à La Falotte qu'une fois par jour ; si je descendais, je serais contraint de passer la nuit ici, et ce serait deux jours de perdus pour la banque. Non, je vous dépose seulement, et je retourne en ville par ce même train.

Les enfants se turent. *Déposés* en un lieu inconnu ? Déposés, comme une pizza qu'on livre ?

— Et si le comte Olaf nous retrouve ? dit enfin Klaus d'une petite voix. Il l'a juré, qu'il nous retrouverait.

— J'ai fourni à Mr Beck – euh, Mr Duys –, bref, j'ai fourni à votre tuteur une description détaillée du comte Olaf. Ainsi, même si par extraordinaire le comte mettait les pieds à La Falotte, Mr Sho – euh, Mr Geck –, bref, votre tuteur, alerterait les autorités.

— Mais le comte Olaf se déguise, rappela Violette. C'est sa spécialité, se déguiser. On a souvent du mal à le reconnaître. L'unique indice pour être sûr, absolument sûr que c'est lui, c'est l'œil tatoué sur sa cheville.

— J'ai inclus le tatouage dans ma description, soupira Mr Poe.

— Et ses complices ? reprit Klaus. Presque toujours, il en a un avec lui. Au moins un, pour l'aider dans ses manigances.

— Ses complices, je les ai décrits à Mr… au patron de la scierie. Tous. Sans en oublier. (Mr Poe compta sur ses doigts.) L'homme aux crochets. Le chauve au long nez. Les deux dames poudrées de blanc. Et cette personne très enveloppée dont je ne sais si elle est homme ou femme. Non, croyez-moi, votre nouveau tuteur dispose de toutes les informations utiles. De plus, s'il y avait le moindre problème, n'oubliez pas que vous pouvez toujours me joindre – moi, ou l'un de mes associés – au Compoir d'escompte Pal-Adsu.

— Kaska, fit Prunille d'un ton sombre.

Ce qui signifiait, en gros : « Rien de tout ça n'est bien rassurant. » Mais sa petite voix fut couverte par le sifflement du train annonçant son entrée en gare.

Et les orphelins se retrouvèrent seuls sur le quai de la gare de La Falotte, tandis que le train reprenait de la vitesse entre les murailles noires de la forêt de Renfermy. Le ronflement de la motrice se fit de plus en plus doux, de plus en plus étouffé à mesure que fuyait le convoi, et bientôt le silence se referma sur le quai désert et les trois enfants plantés là.

— Bien, déclara Violette en empoignant le sac de voyage qui contenait toutes leurs possessions. Il ne reste plus qu'à dénicher cette scierie Fleurbon-Laubaine. Et à faire connaissance avec notre nouveau tuteur.

— Ou à découvrir son nom, en tout cas, marmonna Klaus d'un ton sombre en prenant Prunille par la main.

Lorsqu'on arrive dans un lieu inconnu, le plus sûr est en général de consulter un guide touristique. On y trouve la liste des curiosités, celle des endroits où aller, et toutes sortes de choses à faire, intéressantes ou agréables. Cela dit, vous pouvez chercher ; jamais vous ne trouverez La Falotte dans un guide. Et les enfants Baudelaire, en cheminant le long de la rue, eurent tôt fait de comprendre pourquoi.

Il y avait bien deux ou trois boutiques de chaque côté de la chaussée, mais pas une n'avait de vitrine. Il y avait bien un bureau de poste, mais au lieu de l'habituel drapeau flottant au vent, une vieille chaussure décousue bâillait en haut du mât. Juste en face du bureau de poste se dressait une palissade de bois qui courait sur des centaines de mètres, jusqu'au fin fond de l'unique rue. Au milieu de cette palissade, sur un grand portail du même bois, une inscription en lettres grossières annonçait :

ÉTABLISSEMENTS
FLEURBON-LAUBAINE

Le long du trottoir, au lieu d'arbres, s'alignaient des cartons défoncés et des piles de vieux journaux.

Pour abréger la description, la bourgade se résumait à une longue rue renfrognée. Et si d'aventure La Falotte avait figuré dans un guide, la rubrique *Suggestions* aurait tenu en un mot : « Fuyez. »

Mais les trois enfants ne pouvaient pas fuir, et avec un gros soupir Violette entraîna ses cadets vers le portail. Elle cherchait où sonner lorsque Klaus lui effleura le bras.

— Tu as vu ?

— J'ai vu, répondit Violette.

Elle pensait qu'il voulait parler de l'inscription au-dessus de leurs têtes, ÉTABLISSEMENTS FLEURBON-LAUBAINE. À présent qu'ils avaient le nez dessus, les enfants voyaient pourquoi les lettres avaient cet aspect hideux : elles étaient constituées de centaines de vieux chewing-gums mâchouillés, collés à même le bois de manière à former le lettrage. Hormis peut-être une inscription que j'ai vue un jour, je ne sais plus où, entièrement faite en queues de singes et qui signalait « Danger ! », l'enseigne de la maison Fleurbon-Laubaine était sans doute la moins ragoûtante au monde, et Violette pensait que c'était elle que son frère lui désignait. Mais lorsqu'elle se tourna vers lui, elle vit qu'il regardait ailleurs, en direction du bas de la rue.

— Tu as vu ? répéta Klaus, mais cette fois Violette avait vu.

Et tous deux se turent, les yeux sur la dernière bâtisse de l'unique rue de La Falotte. Alertée par leur silence, Prunille, qui examinait les marques de dents sur les chewing-gums, suivit leur regard à son tour. Durant de longues secondes, tous trois zyeutèrent en silence.

— C'est sûrement une coïncidence, dit enfin Violette.

— Forcément, assura Klaus d'un filet de voix. Pure coïncidence.

— Varni, approuva Prunille.

Mais elle n'en croyait rien. Aucun d'eux n'en croyait rien. Une coïncidence, vraiment, cette étrange maison au bas de la rue ?

Comme toutes les bâtisses de l'endroit, elle était en bois et chiche d'ouvertures, mais là s'arrêtait la ressemblance. Que dire en effet de cette porte ronde, au milieu du pignon, en haut d'un escalier raide ? Mais plus que la porte insolite, c'est la silhouette de la bâtisse qui médusait les enfants, avec son pignon ovale. On aurait vaguement dit une feuille d'arbre, ou peut-être un pétale de fleur, ou plutôt... plutôt...

Oui, plutôt.

Et la façon dont elle était peinte accentuait l'impression : du marron sur le pourtour, du blanc à l'intérieur du marron, un cercle vert au milieu du blanc, et la porte en noir au centre, toute ronde, en haut de l'escalier de bois. Non, le doute n'était pas permis : la bâtisse était conçue de manière à évoquer... un œil.

Les enfants s'entre-regardèrent, puis contemplèrent à nouveau la maison au bas de la rue. Une maison en forme d'œil, dans la bourgade où ils venaient vivre ? Une maison en tout point semblable au tatouage du comte Olaf ?

Coïncidence ? Difficile à croire.

Chapitre II

Apprendre une mauvaise nouvelle par écrit est toujours plus dur, beaucoup plus, que de l'apprendre de vive voix. Vous devinez pourquoi, j'en suis sûr. Lorsqu'on vous l'annonce à voix haute, vous n'entendez cette mauvaise nouvelle qu'une bonne fois. Mais si vous la découvrez par écrit, que ce soit dans un journal, dans une lettre, ou griffonnée sur votre avant-bras au feutre indélébile, chaque fois que vous la relirez, vous revivrez encore et toujours le désarroi de la première fois.

Par exemple, j'ai jadis aimé une femme qui, pour des raisons variées, ne pouvait pas m'épouser. Si elle me l'avait dit de vive voix, j'aurais eu un immense chagrin, bien sûr, mais peut-être aurait-il fini par passer. Au lieu de quoi, elle a choisi de me l'écrire sur deux cents pages bien tassées, dans lesquelles la mauvaise nouvelle était détaillée par le menu, si bien que mon chagrin a atteint des profondeurs insondables. Quand ce volume de deux cents pages m'a été livré par porteur spécial – un vol de pigeons voyageurs –, j'ai passé la nuit à le lire, et depuis, sans relâche, je le lis et le relis, et c'est comme si ma chère Beatrice me livrait sa mauvaise nouvelle chaque jour et chaque nuit de ma vie.

Faute de sonnette, les enfants Baudelaire frappèrent plusieurs fois au portail, attentifs à ne pas toucher les chewing-gums momifiés. Mais personne ne vint ouvrir, et pour finir ils poussèrent le battant. Celui-ci, à leur surprise, s'ouvrit comme une porte de moulin. Derrière le portail s'étendait une vaste cour du genre terrain vague, et sur le sol pelé traînait une enveloppe portant une inscription dactylographiée : « Enfants Baudelaire ».

Klaus ramassa l'enveloppe, l'ouvrit, et en tira un billet ainsi rédigé :

Note de service
À l'attention de : Orphelins Baudelaire

De la part de : Établissements Fleurbon-Laubaine
Objet : Votre arrivée

Vous trouverez ci-joint un plan des Établissements Fleurbon-Laubaine, y compris le dortoir où vous logerez à titre gracieux. Veuillez vous présenter demain matin, dès l'heure d'embauche, à la salle des machines avec les autres employés. Le patron de la scierie Fleurbon-Laubaine compte sur votre zèle et votre assiduité.

— Ça veut dire quoi, zèle, assiduité ? demanda Violette qui lisait par-dessus l'épaule de Klaus.

— À peu près deux fois la même chose, répondit Klaus à qui ses lectures valaient de connaître des tas de mots rares. Qu'on est censés travailler dur et ne pas tirer au flanc.

— Mais jamais Mr Poe n'a dit qu'on était censés *travailler*, dans cette scierie. Je croyais qu'on devait seulement y *habiter*.

Klaus fronçait les sourcils sur le plan joint, simple croquis à la main, collé au billet par un vieux chewing-gum en guise de trombone.

— Vu, dit-il. Pas compliqué. Le dortoir est par là, droit devant, entre la salle des machines et l'entrepôt.

23

Violette regarda droit devant et repéra, au fond de la cour, un bâtiment sans fenêtres, gris pluie.

— Entre la salle des machines et l'entrepôt, répéta-t-elle. Charmant.

— Pas l'air folichon, en effet, reconnut Klaus. Mais on ne sait jamais. Peut-être que la salle des machines contient des tas d'engins compliqués, que tu te feras un plaisir d'étudier.

— Comme tu dis ; on ne sait jamais. Peut-être aussi qu'il y a du bois très dur, que Prunille se fera un plaisir de mordre.

— Snivi, assura Prunille.

— Et peut-être aussi, compléta Klaus, qu'il y a des livres sur le travail du bois, que je me ferai un plaisir de lire. On ne sait jamais.

— Tu as raison. On ne sait jamais. C'est peut-être un endroit merveilleux.

Les enfants se remirent en marche ; ils se sentaient déjà un peu mieux. Il est exact qu'on ne sait jamais. Toute expérience inédite peut se révéler un immense plaisir comme une immense abomination, ou quelque chose entre les deux. Et, tant qu'on n'y a pas goûté, on n'en sait rien. On ne sait jamais.

C'est ainsi que, tout en gagnant le bâtiment gris pluie sans fenêtres, les orphelins se sentaient prêts à donner sa chance à leur nouveau toit, la scierie Fleurbon-Laubaine.

Hélas, on ne sait jamais, mais moi je sais. Je sais, parce que je suis allé enquêter aux Établissements Fleurbon-Laubaine, et que j'ai pu imaginer, sur place, toutes les misères endurées par les orphelins Baudelaire durant leur bref séjour là-bas. Je sais, parce que j'ai entendu divers témoins de l'affaire, et que j'ai recueilli auprès d'eux le récit du bref séjour du trio à La Falotte-sur-Rabougre. Je sais, parce que j'ai consigné par écrit tous ces détails jusqu'au dernier, afin de pouvoir vous rapporter cet épisode consternant. Je sais, et ce savoir, sur mon cœur, pèse aussi lourd qu'un presse-papier. Je sais, et je donnerais cher pour pouvoir voyager dans le passé et mettre en garde ces enfants au lieu de les laisser traverser la cour, soulevant de petits nuages de poussière à chaque pas.

À la porte du bâtiment gris, Klaus consulta une dernière fois son plan et, certain de n'avoir pas commis d'erreur, il frappa.

Après un long silence, la porte s'ouvrit en grinçant sur un homme à l'air ébahi, tout enfariné de sciure du crâne à la pointe des pieds. Il resta muet un long moment, à regarder les enfants, puis il articula enfin :

— Voilà bien quatorze ans, p't-êt' quinze, que personne avait frappé à cette porte.

Souvent, lorsqu'un inconnu dit quelque chose de saugrenu, si saugrenu qu'on ne sait que répondre, le plus sage est de s'en tenir à une formule passe-partout, du genre « Bonsoir » ou « Enchanté ».

— Bonsoir, dit poliment Violette. Enchantée. Euh, je suis Violette Baudelaire, et je vous présente Klaus et Prunille, mon frère et ma sœur.

L'homme à la mine ébahie parut encore un peu plus ébahi. Il épousseta vaguement sa chemise.

— Z'êtes sûrs que vous vous trompez pas d'adresse ?

— Quasi, répondit Klaus. C'est bien le dortoir des Établissements Fleurbon-Laubaine ?

— Dame oui ! dit l'homme. Mais on ne reçoit pas de visiteurs, c'est interdit.

— Nous ne sommes pas des visiteurs, dit Violette. Nous venons habiter ici.

L'homme se gratta le crâne, et les enfants regardèrent la sciure pleuvoir de ses cheveux poivre et sel.

— Habiter *ici* ? À la scierie ?

— Cigam ! fit Prunille, autrement dit : « Voyez ce papier ! »

Klaus tendit à l'inconnu la note de service à leur nom. L'homme la prit en veillant bien à ne pas toucher au chewing-gum. Il la parcourut avec attention puis il posa sur les enfants ses yeux las, aux cils poudrés de sciure.

— *Travailler* ici ? C'est une blague ou quoi ? Laissez-moi vous dire, petits. Le boulot d'une scierie, c'est pas du biscuit. Les troncs, faut leur enlever leur écorce, sacrée corvée, et ensuite, faut les débiter en planches. Après ça, les planches, y faut les attacher en gros paquets et charger ces paquets sur les remorques. Je peux vous dire, dans le métier, y a pas de jeunots, pas de vieux os, pas de mauviettes. Enfin, bon. (Il relut le papier.) Si le patron dit que vous travaillez ici, c'est que vous travaillez ici. Feriez mieux d'entrer.

Il ouvrit la porte tout grand et les enfants entrèrent.

27

— Bon, j'oubliais : moi, c'est Phil. Pourrez vous joindre à nous pour dîner, d'ici dix minutes, par là. En attendant, je vais vous faire faire le tour du dortoir.

Il ouvrit la marche à travers une grande salle chichement éclairée, entièrement meublée de couchettes superposées qui s'alignaient comme des alvéoles sur le ciment nu. Et ces couchettes étaient occupées par un assortiment d'ouvriers, tous différents par l'âge et l'aspect, tous dans des attitudes différentes, mais tous manifestement épuisés et tous enfarinés de sciure de bois. Les uns, réunis en petits groupes, jouaient aux cartes ou devisaient à mi-voix ; les autres, assis ou allongés, regardaient droit devant eux. Quelques-uns, vaguement intéressés, tournèrent les yeux vers les enfants qui venaient d'entrer.

L'endroit empestait le renfermé, cette odeur de moisi qui s'installe lorsqu'on n'a pas ouvert les fenêtres depuis un bout de temps. Or les fenêtres ne risquaient pas d'avoir été ouvertes récemment, pour la bonne raison qu'il n'y avait pas de fenêtres, hormis celles qu'une main malhabile avait tracées à la craie sur le parpaing de l'un des murs. Ces fausses fenêtres, à leur manière, rendaient ce maheureux dortoir encore un peu plus sépulcral (c'est-à-dire « pareil à un tombeau », et les tombeaux, en effet, sont rarement pourvus de fenêtres). À leur vue, les trois enfants se sentirent une boule dans le gosier.

— Comme vous voyez, précisa Phil, c'est là qu'on dort. Y a deux couchettes libres, là-bas, dans le coin, l'une sur l'autre. Pourrez les prendre. N'aurez qu'à fourrer votre sac par-dessous. Cette porte, à gauche, c'est les sanitaires, et ici vous avez le couloir avec la cantine au bout. Voilà, on a fait à peu près le tour. Ohé ! vous autres. Je vous présente Violette, et Klaus, et Prunille. Ils vont travailler ici.

— Travailler ? Eh, c'est des mômes ! objecta une voix.

— Je sais bien, reconnut Phil. Mais le patron dit qu'ils vont travailler ici, semblerait. Donc ils vont travailler ici.

— Au fait, s'enquit Klaus, il s'appelle comment, le patron ?

Phil gratta son menton bardé de sciure.

— Aucune idée, je vous dirais. Voilà bien six ou sept ans qu'on n'a pas dû le voir au dortoir.

29

Les gars, y s'appelle comment, le patron ? Quelqu'un se rappelle ?

— Je crois que c'est monsieur quelque chose, dit un barbu.

— Vous ne parlez jamais avec lui ? s'étonna Violette.

— On le voit pour ainsi dire jamais, reprit Phil. Il habite de l'autre côté de l'entrepôt. Une belle maison qui nous tourne le dos. Pour qu'il mette les pieds par ici, faut vraiment une grande occasion. Le chef, ça oui. Lui, on le voit. Tout le temps. Le patron, jamais.

— Tarouka ? fit Prunille, ce qui signifiait : « Le *chef* ? Je croyais que c'était la même chose que le *patron* ? »

— Non, lui expliqua Klaus. Le patron, c'est celui qui dirige l'établissement. Le chef, c'est le contremaître ; celui qui supervise les ouvriers. Qui les commande, si tu aimes mieux. C'est bien ça, n'est-ce pas, Phil ? Il est sympa, au moins ?

— Sympa, le contrefiche ? ricana quelqu'un. Une ordure, ouais, plutôt !

D'autres lui firent écho :

— Une peau-de-vache !

— Une vraie charogne !

30

— Il est pas trop aimable, faut dire ce qui est, reconnut Phil à regret. Celui qu'on avait avant, Firstein, bon, ça allait ; mais la semaine dernière, sans prévenir, pfutt ! Envolé ! Et çui-là qui l'a remplacé – MacFool, il s'appelle, E.T. MacFool –, je vous conseille de pas le chatouiller, parce qu'il a pas que des bons côtés.

— Il a pas de bons côtés *du tout*, grogna quelqu'un.

— Faut jamais dire ça, tempéra Phil. Tout le monde a ses bons côtés. Y a toujours un bon côté à tout. Allons, venez, c'est l'heure de la soupe.

Les enfants sourirent à Phil – décidément, il était gentil – et suivirent à la cantine le petit troupeau d'ouvriers. Mais ils avaient toujours cette boule dans le gosier, aussi grosse que les grumeaux dans la purée de rutabagas qui leur fut servie ce soir-là.

Les orphelins voyaient bien que Phil était ce qu'on appelle un optimiste. Les optimistes, ce sont les gens qui trouvent un bon côté à tout. Par exemple, quand un optimiste se fait croquer le bras par un crocodile, au lieu de gémir ou de hurler, il est capable de dire gaiement :

« Comme ça, pour me tricoter des gants, ce sera deux fois plus vite fait ! »

Tout en ingurgitant leur pitance, les trois enfants s'efforçaient de prendre exemple sur Phil. Mais, en dépit de leurs efforts, ils ne voyaient aucun bon côté à la situation du moment. Ils pensaient à ces deux couchettes qu'ils allaient devoir partager, à ce dortoir qui sentait le renfermé, à ces fenêtres tracées à la craie. Ils pensaient aux travaux de la scierie – « pas du biscuit », avait prévenu Phil –, à la sciure qui volait partout et à ce MacFool à ne pas chatouiller. Ils pensaient à la bâtisse au bas de la rue, si terriblement en forme d'œil. Et surtout ils pensaient à leurs parents, leurs parents qu'ils ne reverraient plus et qui leur manquaient chaque jour davantage.

Tout au long du repas ils pensèrent ; ils pensèrent en se brossant les dents, ils pensèrent en enfilant leurs pyjamas. Et puis, tout en se tournant et retournant sur leurs couchettes, Klaus sur celle du bas, Violette et Prunille sur celle du haut, ils essayèrent de penser qu'après tout on ne sait jamais. Qui pouvait dire si vivre là n'allait pas se révéler merveilleux ?

Et c'est un fait qu'on ne sait jamais. Mais on peut toujours imaginer. Et cette nuit-là, dans la symphonie de ronflements qui se croisaient et s'entrecroisaient d'un bout à l'autre du dortoir, les trois enfants, malgré eux, se mirent à imaginer. Ils se tournaient, se retournaient, ils imaginaient, ré-imaginaient. Et, lorsque enfin le sommeil passa les prendre, il n'y avait plus un seul optimiste du côté des couchettes Baudelaire.

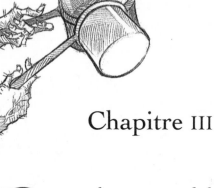

Chapitre III

D e tous les moments de la journée, ceux qui suivent le réveil sont peut-être les plus importants.

Bien souvent, ces premiers instants fournissent une bonne indication de ce que sera la journée. Par exemple, quand on s'éveille sur un concert de chants d'oiseaux, dans un grand lit moelleux surmonté d'un baldaquin, sous l'œil d'un majordome qui s'empresse d'apporter du jus d'orange tout frais et des petits pains chauds sur un plateau d'argent, on est à peu près assuré d'avoir une journée splendide. Quand on s'éveille sur une volée de cloches, dans un lit confortable, sous l'œil d'un majordome qui apporte un bon thé et du pain doré à point, on est en droit d'espérer une journée fort acceptable. Mais quand on s'éveille sur un concert de casseroles, au creux d'une couchette déformée, sous l'œil d'un contremaître hargneux, sans plateau, sans thé chaud, sans rien, on sait d'avance que la journée va être abominable en tout point.

Ni vous ni moi ne sommes surpris, bien sûr, d'apprendre que la première journée du trio Baudelaire à la scierie Fleurbon-Laubaine fut abominable en tout point. Et les enfants eux-mêmes n'espéraient pas un réveil avec chants d'oiseaux, majordome et petits pains chauds, pas après le triste accueil de la veille. Mais même dans leurs pires cauchemars, ils n'avaient pas imaginé être réveillés en sursaut par pareille cacophonie (mot qui signifie, en général, « assemblage de sons discordants », mais ici, plus précisément : « vacarme produit par deux casseroles violemment frappées l'une contre l'autre par un contremaître hargneux planté à l'entrée du dortoir, sans plateau, sans thé chaud, sans rien »).

— Debout là-dedans et que ça saute ! aboya l'arrivant d'une étrange voix étouffée, comme s'il criait la main sur la bouche. Au boulot, allez, allez ! À l'écorçage !

Les enfants s'assirent et se frottèrent les yeux. Autour d'eux, les ouvriers s'étiraient, mains sur les oreilles afin d'étouffer le vacarme. Phil, très occupé à refaire son lit au carré, dédia aux orphelins un sourire las.

— Bonjour, les enfants. Et bonjour, Mr MacFool. Je peux vous présenter les trois derniers arrivés ? Violette, Klaus et Prunille Baudelaire.

— Ouais, grogna le contremaître, et il laissa choir ses casseroles à grand fracas. On me l'avait dit, qu'il y avait des nouveaux, mais on m'avait pas dit que c'étaient des nabots.

— On n'est pas des nabots ! protesta Violette. On est des enfants.

— Nabots, marmots, quelle différence ? gronda MacFool, marchant vers eux. En tout cas, je vous conseille une chose : sortez du pieu vite fait et filez au boulot !

Les enfants se coulèrent à bas de leurs couchettes ; inutile de déplaire à quelqu'un qui cogne sur des casseroles en guise de salut. Mais, lorsqu'ils virent de près à quoi ressemblait le personnage, ils furent tentés de faire marche arrière et de se fourrer sous les couvertures.

On vous a sûrement déjà dit qu'il ne faut jamais juger les gens sur la mine. Que ce n'est pas l'apparence qui compte, mais ce que chacun a dans le cœur. C'est bien gentil, mais si ceux qui ont le cœur bon ne se donnaient jamais un coup de peigne, ce pauvre monde n'en serait guère amélioré. De plus, c'est faux : bien sûr que si, l'apparence compte, elle compte même beaucoup. Sans oublier qu'assez souvent l'aspect des gens en dit long sur eux. Or c'est l'apparence de ce MacFool qui vous donnait envie de fuir.

Son bleu de travail était tout crasseux, ce qui ne fait jamais bonne impression, et ses chaussures, faute de lacets, ne tenaient que par des bouts de ficelle. Mais le plus repoussant était son crâne. À l'évidence, E.T. MacFool avait le crâne aussi dégarni qu'un galet, mais, au lieu de l'admettre crânement, il camouflait la chose sous une perruque blanchâtre qui avait tout d'un plat de spaghettis. Certains de ces spaghettis se dressaient à la verticale, d'autres tire-bouchonnaient de biais, d'autres lui retombaient sur les oreilles, d'autres encore s'étiraient comme pour prendre la fuite. Sous la perruque clignaient des yeux de poisson bouilli, posés sur les orphelins.

38

Pour le reste, nul n'aurait pu dire à quoi ressemblait ce citoyen, car un masque de chirurgien lui camouflait les deux tiers du visage. Avec ce carré d'étoffe sur le nez, on aurait cru un alligator sous la vase, et lorsqu'il parlait on voyait le tissu s'agiter. Pour un chirurgien, ce genre de masque a ses raisons d'être : c'est le moyen de ne pas distribuer tous ses microbes aux malades. Pour un contremaître dans une scierie, on en voit mal l'intérêt, à moins de chercher à faire peur. Il faut admettre que, si c'était le but, on pouvait difficilement faire mieux.

Et, brusquement, MacFool aboya :

— Enfants Baudelard ! Pourriez ramasser mes casseroles, au moins ! Bon, et tâchez de plus me les faire lâcher, hein !

— On ne vous les a pas fait lâcher, risqua Klaus.

— Bram ! ajouta Prunille, autrement dit : « Et notre nom, c'est Baude*laire* ! »

— Si vous ne ramassez pas ces casseroles, tant pis pour vous, pas de chewing-gum à midi !

Les enfants ne raffolaient pas particulièrement de chewing-gum (et surtout pas à la menthe – ils étaient allergiques à la menthe), mais ils jugèrent prudent d'obéir. Violette ramassa une casserole, Prunille ramassa la deuxième et Klaus, à défaut de casserole, se hâta de refaire les lits.

— Bon, alors, vous me les donnez ? aboya le contremaître, arrachant les casseroles des mains des deux petites. Et maintenant, assez traînassé ! Au boulot tout le monde, et plus vite que ça ! Les grumes nous attendent !

— Bon sang, ce que je déteste les jours à grumes, marmotta un ouvrier.

— C'est quoi, des grumes ? glissa Violette à Klaus.

— Des troncs ébranchés, mais avec leur écorce, je crois, répondit son frère. On va bien voir.

Toute la troupe traversa la cour en direction d'un long bâtiment hérissé de cheminées qui lui donnaient un profil de porc-épic. Les enfants se tourmentaient. Jusqu'alors, aucun d'eux n'avait encore eu de job, mis à part certain jour de l'été précédent, où Violette et Klaus avaient vendu de la citronnade aux passants, à l'entrée du jardin de leurs parents. L'idée d'un vrai travail leur donnait un trac terrible.

Le bâtiment porc-épic était en fait un immense hangar, empli de machines imposantes. Violette posa les yeux sur un engin en acier luisant, avec une paire de pinces monstrueuses pareilles à celles d'un crabe géant, et s'efforça d'en deviner la fonction. Klaus en avisa un autre qui ressemblait à une grande cage, avec une énorme boule de ficelle à l'intérieur, et il essaya de se rappeler ce qu'il avait lu sur les scieries. (En fait, ce qu'il en avait lu ne risquait pas de l'aider beaucoup, celle-ci étant assez spéciale.) Prunille repéra au premier coup d'œil une machine rouillée, sûrement grinçante, équipée d'une scie circulaire à dents de requin, et se demanda si ces dents étaient aussi efficaces que les siennes. Puis tous trois portèrent leur attention sur une machine alambiquée, qui maintenait dans les airs une énorme pierre plate. À quoi pouvait-elle servir ?

Mais leur curiosité dut rester sur sa faim. Déjà MacFool faisait sonner ses casseroles et aboyait ses ordres :

— Au boulooot ! Lancez la pinceuse, toutes !

Phil se précipita sur la « pinceuse » et pressa un bouton orange. Avec un sifflement éraillé, les immenses pinces de crabe s'ouvrirent grand, tandis que les bras de l'engin pivotaient et s'étiraient vers le fond du hangar. Captivés par les machines, les enfants n'avaient pas remarqué l'énorme tas de troncs empilés là, le long d'un mur, pareils à des poireaux titanesques, à croire qu'un géant s'était amusé à déraciner une forêt et l'avait jetée là, sous le hangar. Les pinces saisirent un tronc sur la pile, et MacFool, une fois de plus, joua des cymbales en hurlant :

— À vos écorceuses ! À vos écorceuses et que ça saute !

Aussitôt, une ouvrière gagna un angle du hangar où s'empilaient de longues limes métalliques, aussi plates que des limandes, aussi minces que des anguilles. Elle en prit une brassée et commença à les distribuer.

— Prenez une écorceuse, chuchota-t-elle aux enfants. Une chacun.

Les enfants prirent chacun une lime et restèrent plantés là, hébétés, l'estomac creux, tandis que le premier tronc touchait le sol. MacFool fit clinquer ses casseroles (eh si ! le verbe *clinquer* existe, même s'il dort depuis des siècles) et aussitôt les ouvriers, prenant place autour du tronc, se mirent à râper l'écorce avec

42

zèle – un peu comme on se lime les ongles ou la corne aux pieds, mais en plus grand.

— Et vous aussi, les nains ! mugit MacFool. Au boulot !

Les enfants se glissèrent entre les adultes et se mirent au travail.

La veille, Phil avait parlé des durs travaux de la scierie et à l'entendre, en effet, la tâche avait semblé rude. Mais Phil était un optimiste ; dans la réalité, la tâche était bien plus rude encore. Pour commencer, les écorceuses étaient conçues pour des adultes ; les enfants peinaient à les manier. Tout juste si Prunille pouvait soulever la sienne, et elle eut tôt fait d'y renoncer pour se servir plutôt de ses dents. Mais Klaus et Violette n'avaient pas sa dentition hors pair, et devaient donc s'accommoder de l'outil alloué. En fait, tous trois pouvaient bien s'escrimer, la poudre d'écorce qu'ils détachaient était proprement microsco-pique. De plus, leur petit déjeuner leur manquait et, à mesure qu'avançait la matinée, la fatigue devenait telle qu'ils avaient du mal à tenir debout. Par-dessus le marché, à peine un tronc était-il lisse qu'aussitôt les pinces géantes en déposaient un autre à la place, et tout était à recommencer.

43

Mais le plus dur était le bruit. Sous ce hangar empli d'échos, le vacarme était assourdissant. Les écorceuses crissaient d'un horrible crissement râpeux. Les pinces de crabe grinçaient en manipulant les troncs. Et à chaque instant, pour rythmer le travail, MacFool faisait clinquer sa quincaille (si ! *quincaille* existe aussi, et rend le même son de casserole). Au fil des heures, les enfants Baudelaire sentaient leurs forces diminuer et leurs têtes se changer en citrouilles. Leurs estomacs grondaient, leurs oreilles bourdonnaient. Pire : ils s'ennuyaient à mourir debout.

Enfin, le quinzième tronc dépecé, MacFool joua des cymbales et mugit :

— Pause de midi !

Les limes se turent, les pinces se figèrent et chacun s'assit par terre, exténué. Le contremaître jeta ses casseroles de côté, il se dirigea vers une pile de boîtes dans un angle, en empoigna une et l'éventra d'une main. Il en sortit à poignées de petits cubes roses qu'il se mit à lancer aux ouvriers, un pour chacun.

— Cinq minutes ! Vous avez cinq minutes pour déjeuner ! dit-il en jetant trois cubes en direction des orphelins.

Violette détacha les yeux du masque hideux du contremaître, tout humide de postillons à force d'aboyer ses ordres, et regarda le cube rose attrapé au vol. Une fraction de seconde, elle n'en crut pas ses yeux.

— Du chewing-gum ! s'écria-t-elle. C'est du chewing-gum !

Le regard de Klaus sauta du petit cube de sa sœur à celui qu'il venait d'attraper à son tour.

— Du chewing-gum ? C'est pas un repas ! C'est même pas un petit en-cas !

— Tanco ! renchérit Prunille de sa petite voix perçante.

Autrement dit : « Et en plus, nous, les petits, il ne faut jamais nous donner de chewing-gum, parce que nous pourrions nous étouffer avec ! »

— Feriez mieux de vous dépêcher de mâcher votre chewing-gum, conseilla Phil en venant s'asseoir auprès d'eux. Pas ça qui vous tiendra au ventre, mais c'est quand même mieux que rien et ça permet d'attendre le soir. Parce qu'y aura rien avant ce soir, vous savez.

— Rien *du tout* ? s'effara Violette. En ce cas, peut-être que demain on pourrait se lever plus tôt et se préparer des sandwiches ?

— Faits avec quoi ? demanda Phil.

— On pourrait aller en ville, suggéra Klaus, acheter de quoi en faire.

Phil hocha la tête.

— On demanderait pas mieux, soupira-t-il. Mais pour ça, il faudrait avoir des sous.

— Et la paie, alors ? dit Violette. Vous pouvez quand même bien dépenser un peu de ce que vous gagnez pour acheter de quoi faire des sandwiches !

Phil eut un sourire morose et plongea les mains dans ses poches.

— Chez Fleurbon-Laubaine, dit-il en exhibant deux poignées de petits papiers, on n'est pas payés en sous. On est payés en bons de réduction. Tenez, voilà ce qu'on a gagné hier : 20 % de réduction sur un shampooing chez Sam Coiffure. Avant-hier, c'était ce coupon : le deuxième thé glacé à moitié prix chez Cool Raoul, et la semaine dernière celui-ci : « Payez deux banjos, repartez avec trois. » Le hic, c'est que pour se payer deux banjos, faudrait avoir autre chose que des bons de réduction.

— Nelnu ! fit Prunille.

Mais personne n'eut le temps de demêler ce

qu'elle entendait par là ; MacFool noya le tout à coups de casseroles.

— Pause de midi terminée ! Au boulot tout le monde ! Tout le monde sauf vous, les Baudeterre ! Le patron veut vous voir. Dans son bureau tout de suite !

Les enfants posèrent leurs limes et se consultèrent du regard. Ils avaient travaillé si dur qu'ils avaient presque oublié ce tuteur dont ils ignoraient le nom.

Quelle sorte d'homme était-ce ? Quelle sorte d'homme pouvait forcer des enfants à travailler dans une scierie ? Quelle sorte d'homme pouvait embaucher un monstre comme E.T. MacFool ? Quelle sorte d'homme pouvait payer ses ouvriers en bons de réduction et les nourrir de chewing-gum à midi ?

En guise de réponse, d'un claquement de casseroles, le contremaître indiqua la porte, et les trois enfants troquèrent le vacarme du hangar contre le presque-silence de la cour. Klaus tira de sa poche le plan de la scierie et indiqua les bureaux du menton.

À chacun de leurs pas, les trois enfants soulevaient de petites nuées de poussière aussi sombres que leurs pensées. La longue matinée les avait harassés, et leurs estomacs vides ne favorisaient pas l'optimisme. Comme ils l'avaient pressenti dès le réveil, c'était un mauvais jour pour eux trois. Un mauvais jour qui ne demandait qu'à tourner plus mal encore.

Chapitre IV

Vous l'avez sans doute remarqué : dès qu'il y a un miroir quelque part, c'est plus fort que nous, il faut que nous nous regardions. Pourtant, nous savons à quoi nous ressemblons. Mais peu importe – nous nous regardons. Ne serait-ce que pour voir si nous avons bonne mine.

Dans le couloir où les enfants Baudelaire attendaient de rencontrer enfin leur tuteur, il y avait un miroir, justement. Ils s'y regardèrent tous les trois, et virent qu'ils n'avaient point trop bonne mine. Une mine d'enfants harassés, une mine d'enfants affamés. Violette

49

avait des brisures d'écorce plein les cheveux. Klaus avait les lunettes de travers, à force de se tenir penché pendant des heures du même côté. Et Prunille avait de petits éclats de bois coincés entre ses dents de castor.

Dans le miroir, derrière leur reflet, une toile au mur acheva de leur serrer le cœur : c'était une aquarelle représentant une plage, une plage pareille à celle de Malamer, en ce matin terrible où Mr Poe leur avait annoncé la disparition de leurs parents. Entre ce reflet de plage et le reflet de ce qu'ils étaient devenus, il y avait… il y avait tout ce qui s'était passé depuis, et c'était presque insoutenable.

— Si quelqu'un m'avait dit, ce jour-là, murmura Violette soudain, qu'avant longtemps je serais ouvrière à La Falotte, je l'aurais traité de fou.

— Si quelqu'un m'avait dit, ce jour-là, murmura Klaus (sans demander de quel *ce jour-là* elle parlait), qu'avant longtemps j'aurais un comte Olaf aux trousses, je l'aurais traité de débile mental.

— Voura, murmura Prunille, c'est-à-dire, en gros : « Si quelqu'un m'avait dit, ce jour-là, qu'avant longtemps j'écorcerais des grumes à coups de dents, je l'aurais traité de dangereux psychopathe. »

Les trois enfants désemparés observaient leurs reflets, et leurs trois reflets désemparés les observaient en retour. Durant de longues minutes, tous les six réfléchirent aux mystérieux chemins de la vie, et réfléchirent si fort que tous les six sursautèrent lorsqu'une voix s'informa :

— Violette, Klaus et Prunille Baudelaire, je suppose ?

Les enfants se retournèrent et virent un monsieur très très grand, aux cheveux très très courts, vêtu d'une veste très très bien coupée. Il tenait une pêche à la main et s'avançait vers eux en souriant, mais son sourire retomba et il dit :

— Mais… vous êtes couverts de sciure de bois ! Vous n'êtes pas allés traîner dans la salle des machines, j'espère ? C'est très dangereux pour des enfants de votre âge.

Violette dévorait cette pêche des yeux. Oh ! pouvoir en quémander une bouchée !

— La salle des machines ? dit-elle. On y a travaillé toute la matinée.

L'homme fronça les sourcils.

— *Travaillé ?*

Klaus dévorait cette pêche des yeux. Oh ! pouvoir la lui arracher des mains !

— Oui, travaillé, dit-il. On a reçu votre note de service qui nous disait d'aller au travail dès ce matin.

L'homme se gratta le crâne.

— Note de service ? Mais de quoi parlez-vous ?

Prunille dévorait cette pêche des yeux. Oh ! pouvoir y planter les dents !

— Moloub ! dit-elle, autrement dit : « Vous oubliez ce bout de papier qui nous attendait au portail ! »

— Alors là, je me demande par quelle grossière erreur des gens de votre âge ont pu être envoyés au travail, mais je vous prie d'accepter mes plus humbles excuses. Soyez bien certains que la chose ne se reproduira pas. Vous êtes des *enfants*, par Jupiter ! Vous serez traités ici comme des membres de la famille !

Les enfants se regardèrent en coin, soulagés. Ainsi donc, le cauchemar n'était qu'une horrible méprise ?

— Vous voulez dire que nous n'aurons plus à écorcer les troncs ? hasarda Violette.

— Bien sûr que non ! Je n'en reviens pas. Dire qu'on vous a laissés entrer dans la salle des machines ! Avec les engins dangereux qu'il y a là-dedans ! Je vais en parler immédiatement à votre nouveau tuteur.

— Parce que… bredouilla Klaus, ce n'est pas vous, notre tuteur ?

— Moi ? Non. Oh non, pas du tout. Pardonnez-moi, j'ai omis de me présenter. Charles d'Ulcy – appelez-moi Charles. Enchanté de vous accueillir aux Établissements Fleurbon-Laubaine.

— Tout le plaisir est pour nous, dit Violette.

— J'en doute un peu, répondit Charles, sachant qu'on vous a mis au travail de force. Mais tirons un trait là-dessus et repartons de zéro. Voulez-vous de cette pêche ?

— Ils ont eu leur déjeuner ! trancha une voix.

Les enfants se retournèrent. Court sur pattes – il devait être plus petit que Klaus –, le nouveau venu portait un complet sombre, d'un tissu moiré de vert qui lui donnait quelque chose d'un reptile. Mais le plus frappant était sa tête, ou plutôt son absence de tête, car la fumée de son cigare la nimbait d'un nuage épais, aussi sûrement que la brume nimbe parfois la cime des montagnes. Ce nuage attisait la curiosité des enfants. À quoi pouvait ressembler cette tête ? Et peut-être vous posez-vous la même question ? Si tel est le cas, désolé. Mieux vaut le préciser d'emblée, jamais les enfants Baudelaire ne virent les traits du personnage. Et, faute de les avoir vus moi-même, je n'en dirai pas davantage.

— Oh ! M. le Directeur, dit Charles avec empressement. J'étais en train de faire la connaissance des enfants Baudelaire. Saviez-vous qu'ils venaient d'arriver ?

— Évidemment, que je le savais, répondit la fumée. Je ne suis pas complètement idiot.

— Non, bien sûr, M. le Directeur. Mais saviez-vous qu'ils ont été mis au travail ? Dans la salle des machines, ce matin ? Un jour d'écor-çage, M. le Directeur ! J'étais en train de leur expliquer que c'était une affreuse méprise…

— Ce n'était pas une méprise, Charles. Je ne commets jamais de méprise, vous devriez le savoir. (La fumée se tourna vers les enfants.) Enchanté, orphelins Baudelaire. J'ai pensé qu'il était temps de faire connaissance, vous et moi.

— Batex, dit Prunille, autrement dit : « Faire connaissance, vous en avez de bonnes ! Il faudrait vous voir, pour commencer ! »

— Passons sur les détails, trancha la fumée. Vous venez de rencontrer Charles, à ce que je vois. Charles est mon associé. Entre lui et moi, c'est moitié, moitié – le meilleur des arrangements. N'est-ce pas ?

— Euh, oui, sans doute, hasarda Klaus. Je ne m'y connais pas beaucoup en industrie du bois.

— Le tout meilleur des arrangements, M. le Directeur, assura Charles. Le tout meilleur.

— Bref, reprit la fumée. À vous aussi, orphelins Baudelaire, j'offre le meilleur arrangement. J'ai eu vent de ce qui est arrivé à vos parents. Navrant. Et j'ai entendu parler de ce comte Olaf. Drôle de zigoto, c'est clair. Idem pour ses comparses. Bref, quand Mr Poe m'a contacté, j'ai tout de suite songé à un excellent arrangement. Oh ! tout simple. Je tâche de tenir à l'écart ce comte Olaf et ses sbires, et vous, en échange, vous travaillez dans ma scierie jusqu'au jour où vous toucherez votre héritage. Voilà. Donnant,

donnant. Un marché honnête, n'est-ce pas ?

Les enfants ne répondirent pas. La réponse semblait évidente. Un marché honnête est un arrangement dans lequel deux parties échangent des choses de valeur à peu près égale. Par exemple, si vous vous lassez de votre panoplie de parfait petit chimiste, et si vous la proposez à votre frère contre sa maison de poupée, ce sera un marché honnête. Ou encore, si on me proposait de me faire quitter le pays incognito à bord d'un voilier, et si j'offrais en échange trois billets gratuits pour un spectacle de danse sur glace, ce serait un marché honnête. Mais vous faire trimer dans une scierie, des années durant, contre la simple promesse de *tâcher* de vous protéger du comte Olaf, c'est bien un marché, mais pas honnête. Pas du tout. *Tâcher*, c'est essayer, rien de plus. Dire qu'on essaiera, c'est un peu léger. Surtout en matière de comte Olaf. Les trois enfants s'en rendaient bien compte.

— Oh ! M. le Directeur, intervint Charles avec un sourire gêné. Vous ne parlez pas sérieusement. Des enfants n'ont rien à faire dans une scierie.

— Bien sûr que si, contredit la fumée, une main dans son nuage pour se gratter l'oreille ou peut-être le nez. Travailler ici leur donnera le sens des responsabilités. Ils y apprendront la valeur du travail. Et comment un arbre se change en planches.

— C'est vous qui savez, dit Charles avec un petit haussement d'épaules résigné.

— Mais on pourrait apprendre tout ça dans des livres, objecta Klaus. On apprend des tas de choses dans les livres !

Charles redressa la tête.

— Très juste, M. le Directeur. Ils pourraient étudier à la bibliothèque, par exemple. Ils ont l'air sages et bien élevés, je suis sûr qu'ils ne feraient pas de bêtises.

— Vous et votre bibliothèque ! explosa la fumée. Quelle ineptie, encore, ce truc-là ! Ne l'écoutez pas, les enfants. Si je vous disais qu'il a tenu à créer une bibliothèque à tout prix, oui, pour les ouvriers de la scierie ! Et dire que je l'ai laissé faire ! Mais tout ça ne remplace pas le travail.

— S'il vous plaît, M. le Directeur, plaida Violette. Permettez au moins que notre petite sœur reste au dortoir dans la journée. Elle est si petite...

— Écoutez, coupa la fumée, l'arrangement que je vous accorde est le meilleur qui soit. Tant que vous restez dans nos murs, votre comte Olaf ne risque pas de vous approcher. En prime, je vous assure un toit, un repas chaud tous les soirs et un chewing-gum tous les midis, dimanches et fêtes compris. Et je vous demande bien peu en échange : juste quelques années de travail. Moi, c'est ce que j'appellerais un arrangement avantageux. Voilà. Enchanté de vous avoir rencontrés. Pas d'autres questions ? Alors, je me retire. Ma pizza va être froide, et j'ai horreur de manger froid.

— Euh, si, j'ai une question, dit Violette.

En vérité, des questions, elle en avait des dizaines. La plupart commençaient par « Comment pouvez-vous ». Par exemple : « Comment pouvez-vous obliger des enfants à faire un travail de force ? » Et aussi : « Comment pouvez-vous nous traiter aussi durement ? » Et encore : « Comment pouvez-vous payer vos employés en bons de réduction au lieu d'une paie honnête ? » Sans oublier :

« Comment pouvez-vous nous nourrir de chewing-gum à midi ? » Ou encore : « Comment pouvez-vous supporter d'avoir en permanence le nez dans la fumée ? » Mais aucune de ces questions ne semblait de celles qui se posent, du moins pas à voix haute. Aussi Violette se contenta-t-elle de regarder leur nouveau tuteur droit dans sa fumée et de demander :

— Comment vous appelez-vous ?

— Comment je m'appelle ? Aucune importance. Personne n'arrive à prononcer mon nom, de toute manière. Appelez-moi M. le Directeur. Bonne journée.

— Je raccompagne les enfants à la porte, M. le Directeur, se hâta de dire Charles.

Mais déjà, sur un signe de main, le patron et propriétaire des Établissements Fleurbon-Laubaine avait quitté la pièce, n'y laissant qu'un peu de fumée. Charles attendit un instant, prudent, puis il se pencha vers les enfants et murmura, tendant sa pêche :

— Il dira ce qu'il voudra. Vous avez peut-être déjà déjeuné mais prenez, c'est pour vous.

— Oh ! merci, dit Klaus d'une voix étranglée.

Et il s'empressa de partager en trois le fruit dégoulinant de jus, en réservant le plus gros morceau à Prunille qui n'avait même pas eu de chewing-gum.

Les trois enfants engloutirent la pêche. En temps normal, il eût été inconvenant de dévorer un fruit aussi goulûment, à grand bruit, surtout devant quelqu'un qu'ils connaissaient à peine. Mais le temps n'avait rien de normal ; même un expert en savoir-vivre aurait excusé leur gloutonnerie.

— Vous ne savez pas ? décida Charles. Vous êtes de si gentils enfants et vous avez travaillé si dur aujourd'hui que je vais faire quelque chose pour vous. Vous devinez quoi ?

— Vous allez parler à M. le Directeur ? dit Violette. Le persuader qu'il ne doit pas nous faire travailler à la scierie ?

— Euh, non, bredouilla Charles. Non. Discuter ne servirait à rien, vous savez. Il n'écouterait pas.

— Mais vous êtes son associé, rappela Klaus.

— Ça n'y change rien. Quand M. le Directeur a une idée en tête, pas de danger qu'il en change. C'est vrai, il est un peu dur, par moments. Mais il ne faut pas lui en vouloir ; il a eu une enfance difficile. Vous comprenez ?

Violette posa les yeux sur la toile au mur. Une fois de plus, elle revit ce terrible matin, à la plage.

— Oui, dit-elle à mi-voix, je comprends. Nous aussi, je crois, nous sommes en train d'avoir une enfance difficile.

— Eh bien, justement ! reprit Charles. L'idée que j'ai va vous faire le cœur un peu plus léger. Un tout petit peu plus, en tout cas. Avant de vous laisser retourner au boulot, je vais vous montrer la bibliothèque, d'accord ? Comme ça, vous pourrez y revenir quand vous voudrez. Venez, c'est là, au fond du couloir.

Les enfants lui emboîtèrent le pas sans se faire prier. Ils avaient beau savoir qu'ils allaient reprendre le travail, ils avaient beau savoir qu'on venait de leur imposer le pire marché jamais imposé à des enfants, ils étaient tout prêts, d'avance, à se sentir le cœur plus léger. Les bibliothèques avaient sur eux cet effet magique. Toutes les bibliothèques, jusqu'alors – celle de l'oncle Monty[1], bourrée de livres sur les reptiles, celle de tante Agrippine[2], bourrée de livres de grammaire, celle de la juge Abbott[3], bourrée de

1. Lire *Le Laboratoire aux serpents*, tome II.
2. Lire *Ouragan sur le lac*, tome III.
3. Lire *Tout commence mal…*, tome I.

livres de droit, ou celle de leurs parents, la plus belle, bourrée de livres sur tous les sujets possibles, hélas à présent réduits en cendres –, oui, toutes les bibliothèques jusqu'alors leur avaient fait le cœur plus léger.

Au bout du couloir, il y avait une porte bleue. Charles s'immobilisa, il sourit aux enfants et l'ouvrit.

La bibliothèque de la scierie Fleurbon-Laubaine était une pièce de belles proportions, meublée d'élégants rayonnages et de fauteuils moelleux dans lesquels on pouvait lire à son aise. Une rangée de fenêtres, sur la droite, laissait pénétrer le jour à flot – rien de tel pour le confort de lecture. Le mur d'en face s'ornait d'aquarelles représentant des paysages – rien de tel pour le repos des yeux. Les enfants Baudelaire entrèrent et parcoururent la pièce du regard.

Mais ils ne se sentirent pas le cœur plus léger, pas du tout.

— Où sont les livres ? demanda Klaus. C'est une jolie bibliothèque, mais où sont les livres ?

— Ah ! reconnut Charles, c'est le problème de cette bibliothèque. M. le Directeur ne m'a pas alloué de sous pour acheter des livres.

— Vous voulez dire, s'écria Violette, qu'il n'y a pas de livres *du tout* ?

— Si, répondit Charles. Trois.

Et, à grandes enjambées, il gagna le fond de la salle. Là, sur l'étagère du bas, se blottissaient trois ouvrages.

— Sans crédits, naturellement, il m'était difficile d'acheter des livres. Mais j'en ai reçu trois en donation. M. le Directeur a donné celui-ci, *Histoire des Établissements Fleurbon-Laubaine*. Le maire de La Falotte a donné celui-là, *La Falotte et sa Constitution*. Et le troisième, *Précis d'ophtalmologie avancée*, est un don du Dr Orwell qui habite notre jolie cité.

Charles sortit les trois volumes afin de les exhiber et la consternation des enfants redoubla. L'*Histoire des Établissements Fleurbon-Laubaine* s'ornait, en couverture, d'un portrait de l'actuel directeur, nuage de fumée en costume-cravate. La jaquette de *La Falotte et sa Constitution* représentait le bureau de poste avec sa vieille godasse en haut du mât. Mais c'est la jaquette du *Précis d'ophtalmologie avancée* qui acheva d'atterrer les enfants.

On vous l'a sans doute déjà dit, il ne faut

jamais juger un livre sur sa jaquette. Pas plus qu'un inconnu sur sa mine. Mais de même qu'on a peine à imaginer qu'un individu mal léché soit en fait un être charmant, de même Violette, Klaus et Prunille avaient-ils du mal à croire que ce *Précis d'ophtalmologie avancée* pût contenir rien de bon.

L'ophtalmologie, nous dit le dictionnaire, est la branche de la médecine qui a pour objet l'étude de l'œil et de ses maladies. Mais même si les enfants l'avaient ignoré – et Klaus, il va de soi, le savait –, l'image décorant la jaquette les aurait immédiatement renseignés. C'était bien sûr une image d'œil, une image terriblement familière. Car c'était l'œil qui hantait les cauchemars des enfants Baudelaire, l'œil qui hantait leurs souvenirs éveillés – celui-là même, très exactement, qui était la marque du comte Olaf.

Chapitre V

Dans les jours qui suivirent, les
enfants Baudelaire en eurent gros
sur le cœur ou plutôt sur l'estomac,
un peu comme quand on a avalé quelque
chose qu'on n'aurait pas dû.

Dans le cas de Prunille, rien
d'étonnant : elle avait bel et bien
avalé le noyau de la pêche
qu'avait donnée Charles. En
principe, comme chacun
sait, on n'est pas censé avaler
le noyau. Mais Prunille avait
si faim, et elle aimait tant les
choses dures ! Bref, le

noyau s'était retrouvé au creux de son petit estomac, en compagnie des parties du fruit que vous et moi aurions jugées seules comestibles.

Mais cette sensation d'en avoir gros sur la patate (et ici *patate* désigne à la fois le cœur, l'estomac, les sentiments, un peu tout ce qui se loge en nous), cette sensation provenait bien moins de la pêche que de l'impression que tout allait mal, mal, mal et de mal en pis. Les trois enfants étaient convaincus que le comte Olaf rôdait alentour, tel le prédateur attendant son heure pour bondir.

En conséquence, tous les matins, quand MacFool réveillait le dortoir à grands coups de casseroles, les enfants vérifiaient longuement qu'il ne s'était pas changé en comte Olaf au cours de la nuit. Après tout, le comte pouvait fort bien s'affubler d'une perruque et d'un masque pour venir les extirper de leur couchette, c'était tout à fait son style.

Mais le contremaître avait toujours les mêmes yeux de poisson bouilli, rien à voir avec les petits yeux luisants du comte. Et, sous son masque, il avait la voix rauque, rien à voir avec celle du comte, doucereuse et féroce.

Ensuite, en traversant la cour pour gagner le hangar aux machines, les enfants surveillaient leurs collègues. Après tout, le comte pouvait fort bien se déguiser en ouvrier et se jeter sur eux quand les autres auraient le dos tourné – ça aussi, c'était tout à fait son style. Mais malgré leurs mines rechignées, las qu'ils étaient, et découragés, aucun des ouvriers n'avait l'air sournois ni cruel ni cupide. D'ailleurs, aucun n'avait les manières repoussantes du comte.

Après quoi, tout en s'éreintant (ce qui signifie se briser les reins, même quand on en a seulement l'impression), les trois enfants lorgnaient les machines d'un œil soupçonneux. Et si le comte Olaf se servait d'un de ces monstres pour tenter quelque coup de force ? Mais, là encore, il ne se passait rien.

Au bout de trois jours d'écorçage intensif, les limes furent remisées dans un coin et la pinceuse géante dans un autre. À ce stade, les ouvriers déplaçaient eux-mêmes les troncs écorcés pour les offrir aux dents de la scie qui les débitait en planches plates. Les enfants ne tardèrent pas à avoir les bras moulus et les mains criblées d'échardes à force de manier ces troncs. Mais le comte Olaf n'en profita pas pour les capturer comme trois oisillons sans défense.

Quand le tas de planches menaça de s'écrouler, MacFool envoya Phil aux commandes de la ficeleuse. L'engin enserrait de ficelle un lot de planches et les ouvriers achevaient le travail en faisant des nœuds très savants. Les enfants eurent bientôt si mal aux doigts, à force de serrer les nœuds, qu'ils avaient peine à tenir les bons de réduction distribués chaque soir. Mais le comte Olaf n'en profita pas pour leur sauter dessus. Les jours s'égrenaient, détestables, mais malgré leur conviction que le comte Olaf rôdait, les enfants ne voyaient rien venir.

C'était à n'y rien comprendre.

— C'est à n'y rien comprendre, dit Violette un jour, à l'heure de la pause chewing-gum. Toujours pas trace du comte Olaf.

— Pas trace, pas trace, façon de parler ! dit Klaus en se massant le pouce droit (celui qui souffrait le plus). La maison au bas de la rue est la copie conforme de son tatouage, sans parler de la jaquette de ce gros bouquin, à la bibliothèque. Mais lui, bien d'accord, c'est l'homme invisible.

— Iroun, fit Prunille, pensive, ce qui signifiait, en gros : « C'est à n'y rien comprendre. »

— J'y pense ! s'écria Violette avec une pichenette (et une grimace, parce que ça faisait mal). Et si M. le Directeur était le comte Olaf déguisé ? Lui aussi, c'est l'homme invisible ! Le comte pourrait très bien s'habiller en complet-veston et fumer le cigare pour brouiller les pistes.

— J'y ai pensé, dit Klaus. Mais M. le Directeur est deux fois plus petit que lui, et à peine plus large. Difficile de se déguiser en quelqu'un de deux fois plus petit que soi.

— Tchourk, ajouta Prunille, autrement dit : « Et sa voix n'est pas du tout celle du comte Olaf. »

— Exact, reconnut Violette.

Et elle tendit à Prunille un petit morceau de bois lisse ramassé spécialement pour elle. À la place du chewing-gum, ses aînés donnaient à Prunille des bouts de bois à mâchonner. Elle ne les mangeait pas, bien sûr, mais les rongeait avec ardeur comme elle l'aurait fait d'une carotte ou d'un bout de mimolette extra-vieille, toutes choses dont elle raffolait.

— C'est peut-être bêtement qu'il ignore où on est, reprit Klaus. Après tout, La Falotte est un sacré trou perdu. Si ça se trouve, il va nous chercher pendant des années.

— Pelti, objecta Prunille, ce qui signifiait, en gros : « Mais ça n'explique pas la maison en forme d'œil, ni la jaquette du livre. »

— Tout ça n'est peut-être qu'une coïncidence, suggéra Violette. À force de penser au comte Olaf, on finit par le voir partout. Peut-être qu'il ne mettra jamais les pieds ici. Peut-être qu'on est vraiment en sûreté.

— À la bonne heure ! se réjouit Phil, assis par terre auprès d'eux, comme tous les midis. Voilà comment il faut prendre les choses. Toujours voir le bon côté. Je sais bien, y a sûrement plus gai que la maison Fleurbon-Laubaine, mais au moins cet Olaf dont vous parlez tout le temps n'a pas encore pointé le bout du nez. Peut-être que vous venez d'entrer dans une grande période de chance et de bonheur.

— J'admire votre optimisme, dit Klaus avec chaleur.

— Moi aussi, dit Violette.

— Tempa, renchérit Prunille.

— À la bonne heure ! répéta Phil, et il se leva pour se dégourdir les jambes.

Les enfants échangèrent des regards dubi-
tatifs (autrement dit, « pleins de doute et de
perplexité », mais *dubitatif* a le mérite de le dire
en un seul mot). Certes, le comte Olaf n'avait
pas pointé le bout de son nez, pas encore. Mais
la chance et le bonheur ne pointaient guère le
leur non plus ! Chaque matin, le réveil se faisait
au tintamarre des casseroles et la journée se
déroulait sous les aboiements de MacFool. Pour
tout repas de midi, du chewing-gum – ou, dans
le cas de Prunille, de la mimolette imaginaire.
Et le pire était la fatigue, qui vous vidait de toute
énergie, de toute envie de faire autre chose.
Violette avait beau passer ses journées auprès
de machines fascinantes, pas une idée d'invention ne lui était venue depuis longtemps. Klaus
avait beau être autorisé à visiter la bibliothèque
à loisir – ou plutôt dans ses moments de loisir –,
il n'avait pas ouvert l'un des trois livres qui
dormaient là. Et Prunille avait beau vivre
entourée d'objets durs à souhait, c'est à peine si
elle y plantait les dents de loin en loin. Tous trois
auraient donné cher pour se retrouver chez
l'oncle Monty, au milieu de ses reptiles. Ils
auraient donné cher (un peu moins) pour se

retrouver chez tante Agrippine, dans sa maison perchée au-dessus du lac Chaudelarmes. Mais surtout ils auraient donné cher (et là, très très cher) pour se retrouver chez leurs parents – ce qui était leur vraie place, après tout.

— Allons, soupira Violette après un silence. Trimer ici n'a rien de folichon, mais il n'y en a jamais que pour quatre ans, même pas. Après ça, je serai majeure, nous pourrons entamer un peu la fortune Baudelaire. Moi, ce que j'aimerais, c'est me faire bâtir un atelier d'inventrice, peut-être au-dessus du lac Chaudelarmes, là où habitait tante Agrippine. En souvenir d'elle.

— Et moi, dit Klaus, j'aimerais créer une bibliothèque, une bibliothèque ouverte à tous. En tout cas, dès que je pourrai, je rachèterai la collection de serpents de l'oncle Monty et je veillerai sur eux.

— Dolc ! assura Prunille, ce qui signifiait clairement : « Et moi, je me ferai bâtir un cabinet de dentiste ! »

— *Dolc ?* fit une voix. Bigre ! Ça veut dire quoi ?

Les enfants levèrent les yeux. Charles venait d'entrer dans la salle des machines. Avec un grand sourire, il tira quelque chose de sa poche.

— Ah tiens bonjour, Charles, dit Violette. Bien contente de vous voir. Qu'avez-vous fait de beau, tous ces jours ?

— Moi ? Repassé les chemises de M. le Directeur. Il en a des tas, et jamais le temps de les repasser lui-même. Je voulais venir vous voir, mais ce repassage m'a accaparé. Tenez, je vous ai apporté un peu de bœuf séché. Pas des tonnes, parce que M. le Directeur l'aurait remarqué, mais enfin voilà. Vous aimez ça, au moins ?

— On aime tout, répondit Klaus. Merci mille fois. Oh ! Et il est en lanières, on va pouvoir en donner aux autres.

— Si vous voulez, dit Charles. Mais la semaine dernière ils ont eu des coupons de 30 % de réduction sur le bœuf séché Bufflo, ils ont dû en acheter pas mal.

— Possible, dit Violette qui savait fort bien qu'aucun des ouvriers, faute de sous, ne pouvait s'offrir de bœuf séché, Bufflo ou autre. Euh, Charles, s'il vous plaît, je voulais vous poser une question. C'est à propos d'un des livres de la bibliothèque – vous savez, celui qui a un œil sur la jaquette ? D'où…

Une cacophonie de ferraille couvrit la voix de Violette.

— Fin de la pause ! hurlait MacFool. Au boulot et que ça saute ! D'ici ce soir, faut que toutes ces planches soient empaquetées, alors pas de bavardages !

— J'ai juste une petite chose à dire à ces enfants, Mr MacFool, plaida Charles. On peut bien prolonger la pause de deux minutes ?

— Pas question ! rugit MacFool, fonçant vers Charles et les enfants. Je tiens mes ordres de M. le Directeur, moi, et j'entends les faire respecter. Si vous y tenez, allez vous-même demander à M. le...

— Euh, non, bredouilla Charles en reculant d'un pas. Ce ne... Ce n'est pas si important.

— Parfait. Alors au boulot, les nains ! La pause est terminée.

Les enfants se levèrent sans mot dire. Ils avaient renoncé à convaincre MacFool qu'ils n'étaient pas des nains. D'un geste, ils prirent congé de Charles, puis ils se dirigèrent vers le chantier, le contremaître sur leurs talons.

C'est alors que l'un des enfants fut victime d'une méchante farce, un vilain tour dont j'espère que personne ne vous l'a jamais joué. Moi, on me l'a joué un jour, alors que je transportais précieusement la boule de cristal d'une voyante (qui ne me l'a jamais pardonné). Ce vilain tour s'appelle croc-en-jambe – ou croche-pied, ou croche-patte, au choix. Sous ces trois noms, le résultat est le même : vous vous étalez, le nez en avant. C'est un tour malveillant, facile à réussir, et je suis au regret de dire que MacFool crut bon de le jouer à Klaus. Le malheureux s'étala comme une crêpe, ses lunettes sautèrent de son nez et s'en furent valser dans les airs.

— Hé ! protesta Klaus. Vous m'avez fait un croche-pied !

Le plus exaspérant, avec un croc-en-jambe, c'est que la personne qui vous l'a fait prend d'ordinaire un air innocent.

— Qui, moi ? protesta MacFool, prenant un air innocent.

Klaus était trop furieux pour discuter. Il se releva tandis que Violette allait ramasser ses lunettes. Très vite elle comprit que l'affaire était grave.

— Froutup, constata Prunille, et elle disait vrai.

Dans leur atterrissage brutal, les lunettes avaient durement souffert. Violette les ramassa délicatement, mais elles ressemblaient beaucoup à une sculpture ultramoderne signée de l'une de mes amies, voilà des années. Cette sculpture était intitulée *Tordu, fêlé, fichu*. Aucune idée de ce qu'elle est devenue, quand j'y pense.

— Les lunettes de mon frère ! se lamenta Violette. Les voilà tordues ! Fêlées ! Fichues ! Lui qui est pire qu'une taupe, sans lunettes !

— Pas de chance, grogna MacFool avec un haussement d'épaules. Mais que veux-tu que la bonne y fasse ?

— Ne dites pas n'importe quoi, intervint Charles. Il lui en faut des neuves. Même un enfant le verrait.

— Sauf moi, dit Klaus. Sans mes lunettes, je n'y vois rien de rien.

— Accroche-toi à mon bras, décida Charles. Tu ne vas pas travailler ici sans voir ce que tu fais, pas question ! Je t'emmène chez l'ophtalmo, tout droit !

— Oh ! merci, dit Violette soulagée.

— Il y a un ophtalmo pas loin ? s'étonna Klaus.

— Absolument, répondit Charles. Et même tout près d'ici. Le Dr Orwell. L'auteur de ce livre dont vous parliez, justement. Son cabinet est à trois pas, un peu plus bas dans la rue. Vous l'avez sûrement remarqué : un bâtiment en forme d'œil. Viens, Klaus.

Violette eut un haut-le-cœur.

— Oh non, Charles, s'il vous plaît ! Pas là-bas ! Ne l'emmenez pas là-bas !

Au même instant, Phil relança le moteur de la ficeleuse.

— Pardon ? cria Charles, une main à son oreille. Pardon ? Je n'ai pas entendu.

Mais la machine, en rugissant, débobinait sa ficelle. Chacun reprenait son poste.

— S'il vous plaît, essaya de protester Klaus, cette maison en forme d'œil, on dirait la marque du comte Olaf !

Mais MacFool jouait des cymbales, la ficeleuse mugissait, et Charles fit signe qu'il n'entendait rien.

— Yourkar ! s'égosilla Prunille.

Mais Charles, d'un pas résolu, entraînait Klaus hors du hangar.

Violette et Prunille restèrent clouées sur place.

La ficeleuse ronflait, MacFool faisait sonner ses casseroles, mais un tumulte encore plus violent achevait d'assourdir les deux sœurs.

Ce qui cognait à leurs oreilles, tandis que Charles emmenait leur frère, c'était le galop fou des battements de leur cœur.

Chapitre VI

— Ne vous inquiétez pas, je vous dis, répétait Phil, inlassable, à Violette et Prunille qui chipotaient sur leur assiette.

C'était l'heure du dîner, Klaus n'était toujours pas revenu du cabinet du Dr Orwell et ses sœurs se faisaient un sang d'encre. À l'heure de la sortie, en traversant la cour, elles avaient guetté, anxieuses, du côté du portail ouvrant sur la grand-rue. Mais, à leur désarroi, Klaus n'était nulle part en vue. Au dortoir, elles avaient marché droit vers une fenêtre afin de guetter sa venue, oubliant, dans leur angoisse, qu'on n'y voit guère depuis une fenêtre tracée à la craie. Puis, s'apercevant de leur méprise, elles étaient allées s'asseoir sur le pas de la porte, les yeux sur la cour déserte, jusqu'à ce que Phil les appelle pour souper.

L'heure du coucher n'était plus très loin, leur frère n'était toujours pas rentré, mais Phil répétait qu'il n'y avait aucune raison de s'inquiéter.

— Moi j'en vois, des raisons de s'inquiéter, dit Violette. Je vois même de sacrées raisons. Klaus n'a pas reparu depuis midi. J'ai peur qu'il lui soit arrivé quelque chose. Quelque chose d'horrible, chez ce Dr Orwell. Prunille aussi a peur.

— Bachir, confirma Prunille.

— Je sais bien, dit Phil. À votre âge, on se méfie des docteurs. Mais les docteurs sont des amis. Même quand ils vous font des piqûres. Pas vrai ?

Violette vit que la discussion ne mènerait nulle part.

— Si, fit-elle d'un ton las, alors qu'elle pensait le contraire.

Des amis, les docteurs ? Tous ? Toujours ? Quiconque a eu affaire à eux sait que tel n'est pas le cas – pas plus qu'un facteur n'est toujours un ami, ni un boucher, ni un réparateur de frigos. Un docteur est un homme ou une femme dont le métier est de vous soigner, un point c'est tout.

Ce que redoutaient Violette et Prunille, c'était que ce Dr Orwell fût un complice du comte Olaf, pas qu'il fît une piqûre à Klaus. Mais allez expliquer ce genre de chose à un optimiste !

Les deux sœurs, du bout des dents, achevèrent leur chou-rave bouilli.

— Le Dr Orwell a dû prendre du retard dans ses rendez-vous, dit Phil lorsque toutes deux, sans un mot, se glissèrent dans leur couchette. Je parie que sa salle d'attente est encore à moitié pleine.

— Soufki, fit Prunille d'une petite voix résignée, ce qui semblait signifier : « Espérons-le, Phil, espérons-le. »

Phil sourit aux deux petites et il éteignit les lumières du dortoir. Les ouvriers chuchotèrent entre eux quelques instants encore, puis le silence se fit. Bientôt, Violette et Prunille se retrouvèrent au milieu de l'habituel concert de ronflements. Elles ne dormaient pas, bien sûr. Les yeux écarquillés dans la nuit, elles sentaient grandir leur détresse. Prunille émit un petit bruit morose, un bruit de porte qui se ferme, et Violette lui prit les doigts dans sa main. Comme ces petits doigts étaient brûlants d'avoir fait tant de nœuds tout le jour, Violette souffla dessus doucement.

Se tenir par la main fait du bien, au moins un peu, presque toujours, mais n'assoupit pas l'inquiétude. Allongées côte à côte, les sœurs Baudelaire se demandaient où était Klaus à cette heure. Le pire, avec le comte Olaf, c'est qu'il avait l'esprit si retors que rien ne permettait jamais de deviner ce qu'il tramait. Et il avait déjà mijoté tant de coups tordus (tous dans le même but, d'ailleurs) que Violette et Prunille avaient du mal à imaginer ce qui pouvait arriver à leur frère. Pourtant, dans le dortoir endormi, à mesure que passaient les heures, leur imagination se faisait de plus en plus fertile.

— Stibacounou, chuchota Prunille pour finir, et Violette approuva en silence.

Il fallait aller chercher Klaus. C'était la seule solution.

Alors, sans bruit, comme deux souris (deux souris furtives, car en vérité les souris peuvent mener grand tapage), Violette et Prunille se faufilèrent hors des couvertures, hors du dortoir et dans la nuit.

La lune était pleine, le ciel clair, et les deux sœurs, un long moment, inspectèrent la cour déserte. Au clair de lune, le sol bosselé semblait aussi irréel que la surface d'une autre planète. Violette prit Prunille sur sa hanche et traversa la cour pelée en direction du portail.

C'était une nuit étrange. Pas un mouvement, pas un son. Ni Prunille ni Violette n'avaient jamais eu affaire à un silence aussi absolu, si bien qu'elles sursautèrent comme deux lièvres lorsque, soudain, quelque chose craqua.

On aurait dit un craquement de souris (de souris peu discrète, cette fois), quelque part droit devant elles. Toutes deux scrutèrent le clair-obscur, retenant leur souffle. Un nouveau craquement se fit entendre et le lourd portail de bois s'entrouvrit sur une silhouette de petite taille, une silhouette humaine qui marchait droit vers elles à pas lents.

— Klaus ! s'écria Prunille (car le nom de son frère faisait partie des rares mots qu'elle partageait avec le commun des mortels).

Et, à son soulagement, Violette vit qu'en effet c'était Klaus qui s'avançait là. Il avait de nouvelles lunettes ressemblant fort aux anciennes, à ceci près qu'elles étaient si neuves que la lune faisait étinceler la monture. Il salua ses sœurs d'un sourire vague, comme on sourit aux gens qu'on n'est pas très sûr de connaître.

— Klaus ! s'écria Violette en déposant Prunille à terre pour le serrer contre elle. On se faisait un souci monstre, tu sais. Il t'en a fallu, du temps ! Qu'est-ce qui s'est passé ?

— Ch'ais pas, fit Klaus d'une voix minuscule. Me souviens plus.

— Tu n'as pas vu le comte Olaf, si ? Ce Dr Orwell ne travaille pas avec lui, au moins ? Ils ne t'ont rien fait, dis ?

— Ch'ais pas, répéta Klaus, hochant la tête. Je me souviens d'avoir cassé mes lunettes, ça oui. Je me souviens de Charles en train de m'emmener vers la maison en forme d'œil. Mais après ça, mystère. Pas sûr, même, que je saurais dire où on est, là, en ce moment.

— Klaus, dit Violette d'un ton ferme. On est à La Falotte-sur-Rabougre. Aux Établissements Fleurbon-Laubaine. Tu te souviens de ça, tout de même ?

Klaus ne répondit pas. Il regardait ses sœurs avec des yeux immenses, comme on contemple un aquarium ou un défilé de cirque.

— Klaus ? s'alarma Violette. J'ai dit : on est

à La Falotte ; à la scierie Fleurbon-Laubaine.

Klaus ne répondait toujours pas.

— Il est très fatigué, je pense, dit Violette à Prunille.

— Libou, fit Prunille, sceptique.

— Il est grand temps que tu ailles te coucher, Klaus, reprit Violette. Allez, viens maintenant. Suis-nous.

Alors Klaus retrouva sa voix :

— Oui m'sieur, dit-il très bas.

— *Monsieur ?* Klaus ! Je suis ta sœur !

Mais Klaus était redevenu muet, et Violette renonça. Reprenant Prunille sur sa hanche, elle repartit vers le dortoir, Klaus traînant les pieds derrière elles. La lune scintillait sur ses lunettes toutes neuves et chacun de ses pas faisait un petit bruit feutré ; mais lui ne soufflait mot.

Plus silencieux que trois souris (furtives), les orphelins regagnèrent le dortoir et se cou-lèrent jusqu'à leurs couchettes. Mais une fois là, Klaus resta planté, bras ballants, les yeux sur ses sœurs, comme s'il ne savait plus comment on se met au lit.

— Couche-toi vite, maintenant, lui chuchota Violette.

— Oui m'sieur, répondit Klaus.

Et il s'étendit sur la couchette du bas, tout habillé, les yeux toujours sur ses sœurs. Violette s'assit au bord de la couchette et lui retira ses chaussures, qu'il avait oublié d'enlever. Il ne parut même pas s'en rendre compte.

— On parlera de tout ça demain, lui souffla Violette. Et maintenant, essaie de dormir un peu, d'accord ?

— Oui m'sieur, dit Klaus en automate, et aussitôt il ferma les yeux.

Une seconde plus tard, il dormait. Violette et Prunille observèrent un instant la façon dont sa bouche frémissait, comme toujours lorsqu'il dormait – depuis qu'il était bébé, se souvenait Violette. C'était un soulagement d'avoir retrouvé Klaus, mais ses sœurs n'étaient pas rassurées pour autant. Pas du tout. Jamais elles n'avaient vu Klaus se comporter de manière aussi étrange.

Tout le restant de la nuit, nichées l'une contre l'autre sur la couchette du haut, Violette et Prunille se relayèrent pour veiller sur leur frère. C'était bien lui qui dormait là, c'était bien lui en chair et en os – et pourtant il leur semblait que le vrai Klaus n'était pas de retour.

Chapitre VII

Lorsqu'une chose vous contrarie, il y a toujours quelqu'un pour vous dire : « Allons, une bonne nuit là-dessus, et ça ira mieux demain. » Ce qui ne rime à rien, bien sûr. Une contrariété reste une contrariété, même après la meilleure des nuits.

Par exemple, mettons que ce soit votre anniversaire et que vous receviez, pour tout cadeau, une pommade contre les verrues. Si ce soir-là on vous dit qu'une bonne nuit arrangera tout, parions que le lendemain matin, quand vous retrouverez ce tube de pommade, vous serez aussi déçu que la veille. Un jour, mon chauffeur m'a dit que tout irait mieux le lendemain. Le lendemain, à mon réveil, nous étions toujours, lui et moi, sur un minuscule récif assiégé de crocodiles et, vous vous en doutez bien, rien n'allait mieux que la veille.

Il en fut ainsi, ce matin-là, pour Violette et Prunille Baudelaire. Lorsque MacFool fit sonner ses casseroles et que Klaus, ouvrant les yeux, demanda où il était, ses sœurs comprirent que les choses n'allaient pas mieux que la veille.

— Mais qu'est-ce que tu as, Klaus ? demanda Violette. Qu'est-ce qui t'arrive ?

Il la regarda attentivement, comme s'ils s'étaient rencontrés jadis et qu'il ne retrouvait plus son nom.

— Je ne sais pas, dit-il lentement. J'ai du mal à me souvenir des choses. Que s'est-il passé, hier ?

— C'est justement ce que je voulais te deman… commença Violette, mais elle fut interrompue par les rugissements du contremaître, qui chargeait vers eux en cognant sur ses casseroles.

— B'alors, les nains ? Debout ! Croyez qu'on a le temps de traînasser ? Hors du lit tout de suite et au boulot, maintenant !

Klaus écarquilla les yeux, marmonna « Oui, m'sieur » et s'assit sur sa couchette. L'instant

d'après, sans un mot pour ses sœurs, il se diri-
geait d'un pas raide vers la porte du dortoir.

— Ah ! j'aime mieux ça ! approuva MacFool.
Allez, tout le monde ! Au boulot !

Violette et Prunille se levèrent en hâte, mais
soudain Violette se figea. Là, au pied de la
couchette du bas, traînaient les chaussures de
Klaus, qu'elle lui avait retirées elle-même la
veille. Klaus s'était mis en mouvement sans
même songer à se chausser.

— Tes chaussures ! cria Violette en les ramas-
sant. Klaus ! Klaus ! Tu oublies tes chaussures !

Elle s'élança pour le rattraper, mais il ne
tourna même pas la tête. Le temps pour elle d'at-
teindre la porte, et déjà Klaus achevait de
traverser la cour en chaussettes d'Adam.

— Grumli ! s'égosilla Prunille, mais il ne
réagit pas.

— Finissez vite de vous préparer, les petites,
leur conseilla Phil. C'est l'heure.

— Phil ! s'alarma Violette, les yeux sur Klaus
qui, déjà, ouvrait la porte du hangar aux
machines et y pénétrait le premier. Mon frère
n'est pas dans son état normal ! C'est à peine
s'il nous a dit trois mots, ce matin. Il ne se

souvient de rien et regardez, il n'a même pas mis ses chaussures !

— Allons, allons, lui dit Phil, regarde plutôt le bon côté des choses. En principe, aujourd'hui, on finit le ficelage et on passe à l'estampillage. L'estampillage, c'est le boulot le plus facile du travail de la scierie.

— Je m'en fiche, éclata Violette, du travail de la scierie ! Klaus n'est pas dans son état normal !

— Violette, Violette, moins fort ! lui dit gentiment Phil. Tu vas ameuter tout le monde.

Et à son tour il partit vers la salle des machines.

Violette et Prunille achevèrent de s'habiller. Il ne restait qu'à suivre le mouvement.

À l'intérieur du hangar, la ficeleuse ronflait déjà, les ouvriers commençaient à nouer les derniers ballots de planches. En hâte, Violette et Prunille se faufilèrent aux côtés de Klaus et, dans les heures qui suivirent, tout en faisant des nœuds, elles essayèrent de parler à leur frère aux pieds nus. Mais le vacarme de l'endroit rendait la conversation difficile, et pas une fois Klaus ne répondit. Enfin, la dernière pile de planches ficelée, Phil stoppa la machine et chacun reçut son chewing-gum. Violette et

Prunille prirent leur frère chacune par un bras et l'entraînèrent dans un coin.

— Klaus, s'il te plaît, supplia Violette. S'il te plaît, dis quelque chose. Tu nous fais peur, tu sais. Il faut absolument que tu nous dises ce qu'a fait ce Dr Orwell, qu'on puisse t'aider.

Klaus considéra son aînée avec des yeux immenses.

— Itchougui ! supplia Prunille.

Klaus ne souffla pas mot. Il tenait son chewing-gum à la main sans le porter à sa bouche. Violette et Prunille s'assirent à ses côtés, désemparées, impuissantes, cramponnées à lui comme si elles craignaient de le voir s'envoler. Et ils restèrent ainsi tous trois, petit entrelacs de Baudelaire, jusqu'à ce que MacFool joue des cymbales pour signaler la fin de la pause.

— Estampillage ! vociférait le contremaître. Tout le monde en place pour l'estampillage ! (Soudain, il pointa le doigt vers Klaus.) Et toi, bigleux, aujourd'hui tu es verni : c'est toi qui vas commander la machine. Viens par ici, maintenant, que je te montre comment faire.

— Oui m'sieur, répondit Klaus d'une voix douce.

Ses sœurs retinrent leur souffle. C'était le premier son qu'il émettait depuis les quelques mots marmottés au réveil.

Mais il ne dit rien de plus. Il se détacha d'elles, se leva et, sous leurs yeux médusés, marcha de son pas d'automate en direction du contremaître.

Violette attira sa cadette contre elle et balaya un flocon de sciure pris dans les cheveux de la petite, geste hérité de sa mère. Une fois de plus, comme si souvent, elle se remémorait le serment fait à ses parents, moins d'un an et demi auparavant, à la naissance de Prunille. « Tu es l'aînée des enfants Baudelaire, lui avaient-ils dit tous deux. En tant qu'aînée, tu dois veiller sur tes cadets. Promets-nous de garder l'œil sur eux, et de toujours t'assurer qu'il ne leur arrive rien de fâcheux. » Violette avait promis. Les parents Baudelaire, bien sûr, avaient été loin d'imaginer ce que l'avenir réservait de fâcheux à leurs rejetons ; mais, pour Violette, une promesse était une promesse. Quelque chose de manifestement très fâcheux venait d'arriver à Klaus ; c'était donc à elle, Violette, de le tirer de ce mauvais pas.

MacFool chuchota trois mots à Klaus, qui se dirigea vers la machine au long bras muni d'une pierre en suspens et se mit en devoir d'actionner les manettes. Le contremaître l'encouragea d'un coup de tête, puis il fit claquer ses casseroles et lança de sa voix éraillée :

— Essstampillage !

Violette et Prunille se demandaient ce que pouvait bien signifier ce mot, mais la réponse ne tarda pas. Les ouvriers soulevèrent un ballot de planches, ils le placèrent sur un tapis roulant, et la machine abaissa le bras pour laisser choir son énorme pierre plate sur la planche du dessus.

Chtamp !

Le choc fit trembler tout le hangar. Mais déjà le bras grinçant remontait la pierre, laissant sur le bois une marque en creux, à l'encre rouge, qui proclamait en lettres géantes : ÉTABLISSE-MENTS FLEURBON-LAUBAINE. Alors les ouvriers se précipitèrent pour souffler sur l'encre et la faire sécher.

Une question effleura Violette : les clients qui allaient se retrouver avec cette inscription en rouge sur les murs de leur maison allaient-ils être ravis ? Mais deux autres questions, coup sur coup, chassèrent aussitôt la première : comment diable faisait Klaus pour commander cette machine comme s'il l'avait fait toute sa vie ? Et pourquoi diable MacFool l'avait-il envoyé aux commandes, plutôt que Phil ou un autre ?

— Voyez ? leur lança Phil par-dessus un ballot de planches. Klaus s'en sort magnifiquement ! Vous vous faisiez du souci pour rien !

Chtamp !

— Peut-être, dit Violette, sceptique, tout en soufflant sur le premier « T » d'ÉTABLISSEMENTS.

Chtamp !

— Et je vous l'avais bien dit, aussi, reprit Phil, que l'estampillage était la partie facile du métier ! Souffler dessèche un peu les lèvres, mais à part ça, c'est du gâteau.

Chtamp !

— Bachtouf, fit Prunille, ce qui signifiait : « D'accord, mais on s'inquiète quand même pour Klaus. »

— Bien ce que je disais ! s'écria Phil qui avait compris de travers. Il faut toujours regarder le bon côt…

Chtam-crac–aaaAAAAH !

Phil s'écroula par terre sans achever sa phrase, blanc comme plâtre et luisant de sueur. De tous les bruits détestables du hangar aux machines, celui-là était le pire entendu à ce jour, et de loin. Le *chtamp* de l'es*chtamp*illeuse avait été coupé net par un craquement sinistre et un cri déchirant. Erreur de la machine ou erreur humaine ? L'énorme pierre s'était abattue largement à côté de son point de chute supposé, le ballot de planches. Le plus gros de sa masse avait estampillé la ficeleuse voisine, la transformant en compote de ferraille. Mais un coin de la pierre, hélas ! avait aussi estampillé au vol la jambe de Phil.

Laissant choir ses casseroles, MacFool se rua aux commandes de l'engin fou. Il écarta Klaus pétrifié, fit remonter la pierre d'un coup de manette, et chacun s'approcha pour inspecter les dégâts.

La ficeleuse, proprement broyée, n'était plus qu'une monstrueuse marmelade. Mais cette vision n'était rien à côté de celle de la jambe de Phil, un peu moins en marmelade peut-être, mais d'une monstruosité pire encore – tordue, grotesque, horrible à voir. Violette et Prunille en eurent le cœur chaviré, mais Phil leva les yeux vers elles et dit avec un pâle sourire :

— Allons, ça aurait pu être pire. C'est ma

jambe gauche qui a pris, et je suis droitier. Une chance.

— Vingt dieux ! murmura un ouvrier. Et moi qui croyais qu'il allait dire : « Aaah ! ma jambe ! Ma pauvre jambe ! »

— Si quelqu'un veut bien m'aider à me remettre debout, enchaîna Phil. Je suis sûr que je peux reprendre le boulot.

— Ne soyez pas ridicule ! protesta Violette. Vous avez la jambe cassée. Il faut aller à l'hôpital, et vite.

— C'est vrai, ça, Phil, dit un autre. On a ces coupons du mois dernier, tu sais bien : 50 % de réduction pour un plâtre à l'hôpital Achab-Unepatte. En s'y mettant à deux, t'auras ta jambe à neuf pour rien. J'appelle une ambulance.

Phil s'éclaira.

— Vous êtes trop gentils. Merci.

Pendant ce temps, MacFool s'arrachait les cheveux.

— C'est abominable ! Affreux ! Le pire accident de toute l'industrie du bois !

— Mais non, c'est trois fois rien, voulut l'apaiser Phil. Je n'avais jamais beaucoup aimé cette jambe, de toute manière.

— C'est pas ta jambe qui m'embête, crétin !
éclata MacFool. T'as vu la ficeleuse, dans quel
état elle est ? Tu sais combien ça coûte, ce genre
d'engin ? Des sommes pharaoniques, rien moins !

— Pharaonique ? répéta un ouvrier. Qu'est-
ce que c'est encore que ce truc-là ?

— Ça veut dire « comme au temps des
pharaons », dit Klaus soudain, clignant des yeux.
Les pharaons, c'étaient les rois de l'Égypte
ancienne. Ils étaient très, très riches, et s'en-
touraient de choses somptueuses et gigantesques
et surtout très, très coûteuses. Comme les pyramides, par exemple. Construire les pyramides,
ça a coûté des sommes faramineuses.
Pharaoniques. Mr MacFool veut sûrement dire
qu'une ficeleuse coûte les yeux de la tête.

Violette et Prunille faillirent éclater de rire
– rire de surprise et de soulagement.

— Klaus ! s'écria Violette. Tu nous donnes
un de tes petits cours de vocabulaire, dis donc !

Klaus regarda ses sœurs, sourit d'un air
ensommeillé et reconnut :

— Ça se pourrait bien.

— Nojimo ! se réjouit Prunille, autrement
dit : « Tu as retrouvé ton état normal ! »

Et c'était vrai. Klaus cligna des yeux de nouveau, observa les dégâts qu'il venait de provoquer et s'écria :

— Mais qu'est-ce qui se passe ici ? Phil, qu'est-ce qui arrive à votre jambe ?

— Rien du tout, elle va très bien, répondit Phil en grimaçant parce qu'il essayait de la remuer. Un petit bobo, trois fois rien.

Violette n'en croyait pas ses oreilles.

— Klaus ! Tu veux dire que... tu as oublié ce qui est arrivé ?

— Ce qui est arrivé *quand* ? demanda Klaus d'un air égaré. Hé ! mais regardez ! Je n'ai même pas de chaussures ! Je n'y comprends plus rien !

— Ouais, eh bien moi, je vais t'expliquer ! rugit MacFool, brandissant le poing. Tu viens de bousiller la ficeleuse ! Et je vais, de ce pas, le dire à M. le Directeur. À cause de toi, l'estampillage est suspendu. Une journée de boulot fichue ! Pas de coupons ce soir ! Pour personne !

— Vous exagérez ! s'indigna Violette. C'est injuste. Klaus ne l'a pas fait exprès ! Sans compter qu'il n'aurait jamais dû être aux commandes de cette machine. Il ne sait pas la faire marcher, c'est clair !

— En ce cas, il a intérêt à apprendre. Bon. Mes casseroles, Klaus ! Va les ramasser.

Klaus obéit, mais le contremaître, au passage, lui joua le même vilain tour que la veille. Et je suis au regret de dire que ce fut tout aussi réussi : croc-en-jambe ou croche-pied, Klaus s'étala comme une crêpe. Une fois de plus, ses lunettes décollèrent de son nez pour un gracieux vol plané qui s'acheva un peu rudement. Une fois de plus, elles ne s'en relevèrent pas, ou plutôt, lorsque l'ouvrier le plus proche d'elles les ramassa, elles se révélèrent tordues, fêlées, fichues, pareilles à la sculpture de mon amie Tatiana.

— Mes lunettes ! protesta Klaus. Elles sont toutes re-cassées !

Violette sentit son estomac se gondoler comme si elle avait mangé des serpents à midi, au lieu de mâchonner vaguement un chewing-gum.

— Tu es sûr ? dit-elle en chevrotant. Tu es sûr que tu ne peux pas les porter comme ça ?

— Sûr, dit Klaus d'un ton misérable, en les brandissant pour lui faire constater les dégâts.

— Ah ! c'est malin, grommela MacFool. A-t-on idée d'être aussi peu soigneux ? Bon, c'est reparti pour un rendez-vous avec le Dr Orwell, j'imagine.

— Oh ! vous savez, dit Violette très vite, ce n'est pas la peine de le déranger. Si vous voulez bien me donner… euh, deux bouts de verre et du fil de fer, je suis sûre que je dois pouvoir lui bricoler des lunettes moi-même.

Mais MacFool se renfrogna sous son masque.

— Bricoler des lunettes ? Sûrement pas. L'optique et tout ça, c'est des trucs d'expert. Laisse, quelqu'un va emmener ton frère.

— Oh non ! plaida Violette au désespoir. Non, c'est nous qui allons l'emmener. Prunille et moi, toutes les deux. Nous allons l'accompagner chez le docteur.

— Dourix, fit Prunille, autrement dit : « Oui, s'il faut qu'il y aille, nous y allons aussi ! »

— Hmm, réfléchit le contremaître, puis un éclair passa dans ses yeux de poisson. Et pourquoi pas, après tout ? L'idée n'est pas si mauvaise… Oui, allez tous trois chez le Dr Orwell, mes agneaux.

Chapitre VIII

Les enfants Baudelaire sortirent dans la rue et suivirent du regard l'ambulance qui emmenait Phil à l'hôpital. Puis ils posèrent les yeux sur le portail, avec son inscription en chewing-gums momifiés. Puis ils inspectèrent leurs pieds et les craquelures du trottoir. Bref, ils évitaient soigneusement de regarder vers le bas de la rue, du côté de certaine bâtisse en forme d'œil.

— On n'est pas obligés d'y aller, suggéra Violette soudain. On pourrait très bien filer à l'anglaise. On n'aurait qu'à se cacher jusqu'au passage du train et se glisser dedans pour filer au diable. Après tout, maintenant, on sait travailler dans une scierie. On pourrait se faire embaucher, quelque part loin d'ici.

— Et si le comte Olaf nous retrouvait ? dit Klaus en clignant des yeux comme un hibou insomniaque. Qui nous défendrait contre lui ?

— On se défendrait nous-mêmes.

— Ah oui ? Nous-mêmes ? Trois enfants dont l'un ne marche pas encore tout à fait tout seul et l'autre n'y voit pas à deux mètres ?

— On l'a déjà fait, s'entêta Violette. On lui a déjà échappé.

— De justesse, rappela Klaus. Et j'y voyais clair. Non, essayer de filer, merci bien. Sans lunettes, très peu pour moi. Il faut retourner voir le Dr Orwell et espérer que, cette fois, tout se passera sans problème.

À ce seul nom, *Dr Orwell*, Prunille eut un petit cri horrifié. Violette était trop grande pour crier, sauf en cas d'urgence absolue, mais elle n'était pas trop grande pour trembler.

— Le pire, dit-elle, les yeux sur la bâtisse en forme d'œil, c'est de n'avoir aucune idée de ce qui nous attend là-bas. Klaus, je t'en supplie, essaie de te souvenir. Fais un effort. Qu'est-ce qui s'est passé, une fois entré là ?

— Je ne sais plus, dit Klaus penaud. Je me souviens vaguement de m'être débattu devant la porte. Je répétais à Charles que je ne voulais pas entrer, mais lui me disait que c'était ridicule, que les médecins sont gentils, qu'il ne faut pas avoir peur d'eux.

— Ha ! fit Prunille, et c'était le *ha !* qui signifie : « Elle est bien bonne ! »

— Et ensuite ? le pressa Violette.

Klaus ferma les yeux.

— Ensuite… J'aimerais pouvoir le dire. Mais tout se passe comme si cette partie de mon cerveau avait été effacée d'un coup d'éponge. Comme si j'avais dormi tout du long, depuis l'instant où j'ai franchi la porte, jusqu'à… jusqu'à tout à l'heure, à la scierie.

— Pourtant, tu ne dormais pas, dit Violette. Tu te baladais comme un zombie. Comme un somnambule. Et tu as provoqué cet accident et blessé ce pauvre Phil.

— Oui, c'est affreux, dit Klaus. Et je ne me souviens d'absolument rien. Comme si…

Il se figea, regardant droit devant lui.

— Klaus ? s'affola Violette.

— … Comme si j'avais été hypnotisé.

Il posa les yeux sur Violette, puis sur Prunille, de cet air absent qu'il avait lorsqu'il tirait quelque chose au clair. Et brusquement il s'écria :

— Bon sang, mais oui ! L'hypnose expliquerait tout.

— L'hypnose ? dit Violette. Je croyais que c'était seulement dans les films d'épouvante.

— Oh ! détrompe-toi. L'an dernier – tu te rappelles ? – j'ai lu un gros bouquin là-dessus, l'*Encyclopædia Hypnotica*. On y décrivait des tas de cas d'hypnose, parmi les plus célèbres de l'Histoire. Par exemple, dans l'Égypte ancienne, un grand roi avait été hypnotisé. Son hypnotiseur n'avait qu'à crier bien fort « Ramsès II ! » et aussitôt le roi se mettait à caqueter comme une poule devant la cour entière.

— Intéressant, dit Violette, mais est-ce q…

— En Chine, c'est un marchand qui avait été hypnotisé, du temps de la dynastie Ling. Son hypnotiseur n'avait qu'à crier bien fort « Mao ! » et aussitôt le marchand se mettait à jouer du violon, alors que jamais de sa vie il n'avait touché à un violon.

— Incroyable, mais est-ce q…

— En Europe, j'ai oublié où, vers 1920, c'est un Irlandais qui fut hypnotisé. Son hypnotiseur n'eut qu'à crier bien fort « Bloomsbury ! » et

d'un seul coup l'homme devint un grand écrivain, alors qu'il savait à peine écrire.

— Mazé ! fit Prunille de sa petite voix aiguë,
ce qui signifiait sans doute : « Tout ça est bien
joli, Klaus, mais tu crois qu'on a le temps
d'écouter des histoires ? »

Klaus s'excusa d'un sourire.

— Désolé. Mais c'était un livre passionnant.
Je suis bien content de l'avoir lu.

— Je le crois sans peine, dit Violette. Mais est-
ce qu'on y expliquait comment *éviter* l'hypnose ?

Klaus se rembrunit.

— Hmm. Rien vu là-dessus.

— Rien de rien ? Toute une encyclopédie sur
l'hypnose et pas un mot sur la façon de s'en
protéger ?

— Il y avait peut-être des trucs, mais pas dans
ce que j'ai lu. Les grands cas historiques, tu
comprends, c'était le plus intéressant. Le reste,
bon, j'ai un peu sauté des passages.

Les enfants se remirent en marche en silence.
Cette fois, ils avaient les yeux sur la bâtisse en
forme d'œil, et la bâtisse avait l'œil sur eux, impa-
vide. Pour Klaus, bien sûr, elle n'était qu'une
tache floue qui grossissait à chaque pas, mais

pour Violette et Prunille elle était une menace très nette. La porte ronde au milieu, sombre comme la pupille d'un œil, avait quelque chose d'un trou noir sur le point de les happer tous trois.

— Plus jamais je ne sauterai les passages barbants d'un livre, promit Klaus au pied de la bâtisse.

Et, d'un pas mal assuré, il entreprit de gravir l'escalier.

— Tu ne vas quand même pas entrer ? s'effara Violette.

— Et que veux-tu faire d'autre ?

Sitôt là-haut, à tâtons, il se mit à chercher la porte.

À ce stade, je crois utile de marquer une pause afin de répondre à la question que vous vous posez sans doute. C'est une question capitale, que se sont posée bien des gens, bien des fois, en bien des lieux. Les orphelins Baudelaire se la sont posée aussi, bien sûr. Mr Poe se l'est posée. Ma chère Beatrice, avant sa fin cruelle, se l'est posée aussi, quoique trop tard. Et cette question, la voici : *Où donc est le comte Olaf ?*

Si vous suivez depuis le début la triste histoire des orphelins Baudelaire, vous savez que le comte Olaf ne cesse de leur rôder autour, ni d'échafauder d'odieuses combines dans le but de s'emparer de la fortune Baudelaire. À peine les trois enfants arrivent-ils quelque part qu'aussitôt resurgissent le comte et ses innommables complices. Or voici que, dans le présent épisode, aucun d'eux n'est nulle part en vue. Aussi, tandis que les trois enfants approchent, bien à contrecœur, du cabinet du Dr Orwell, sans doute vous interrogez-vous. Où peut bien se cacher cet être inqualifiable ?

La réponse tient en trois mots : plus très loin.

Violette et Prunille rejoignirent Klaus en haut des marches, devant la porte de la bâtisse en forme d'œil. Mais aucun d'eux n'eut à frapper, ni à sonner, ni à chercher la poignée. La porte ronde s'ouvrit d'elle-même, en douceur, sur une silhouette en longue blouse blanche, avec un badge au revers du col : *Dr Georgina Orwell.*

Le Dr Georgina Orwell était une femme de grande taille, aux cheveux blonds tirés en arrière et coiffés en chignon très serré. Chaussée de grandes bottes de cuir, elle tenait à la main une canne noire effilée, ornée d'une pierrerie rouge au pommeau.

— Tiens ? Klaus, bonjour, te revoilà ? dit-elle, saluant Violette et Prunille d'un bref signe de tête. Je ne pensais pas te revoir si vite. Ne me dis pas que tu as encore cassé tes lunettes !

— Si, avoua Klaus.

— Ah ! c'est trop bête, dit le Dr Orwell. Mais tu as de la chance dans ton malheur : nous avons très peu de rendez-vous, aujourd'hui. Entre vite, je vais tout de suite procéder aux examens nécessaires.

Les enfants échangèrent des regards décon-certés. Ce n'était pas du tout ce à quoi ils s'at-tendaient. Ils s'étaient vus d'avance face à une créature sinistre, le comte Olaf en personne ou l'un de ses diaboliques associés. Ils s'étaient vus d'avance bâillonnés sitôt la porte refermée, et emportés, les yeux bandés, comme de vulgaires sacs de chiffons. Au lieu de quoi, le Dr Orwell était une dame très chic et très profes-sionnelle, qui les invitait poliment à entrer.

— Par ici, dit-elle, pointant sa canne. Shirley, ma réceptionniste, a justement préparé des petits fours ; vous pourrez faire collation, vous deux, pendant que je m'occupe de Klaus. Et ne vous inquiétez pas, ce devrait être bien moins long qu'hier.

— Est-ce que… Klaus va être hypnotisé ? risqua Violette.

— Hypnotisé ? répéta le Dr Orwell avec un sourire amusé. Bonté divine, non, bien sûr ! L'hypnose, c'est seulement dans les films d'épouvante.

Les enfants savaient, bien sûr, que tel n'était pas le cas. Mais le Dr Orwell semblait le croire ; elle n'était donc sans doute pour rien dans l'affaire. Un peu rassurés, quoique toujours sur leurs gardes, ils la suivirent le long d'un couloir aux murs tapissés de diplômes.

— Par ici, dit le Dr Orwell. (Elle se tourna vers Violette.) Si j'ai bien compris, Klaus est un grand lecteur. Et toi, tu aimes lire aussi ?

— Oui, répondit Violette qui commençait à se détendre. Je lis un peu moins que lui, mais j'aime bien.

— Avez-vous jamais rencontré, dans vos lectures ou ailleurs, le vieil adage romain : « On prend les mouches avec du miel et non avec du vinaigre » ?

— Tizmo, répondit Prunille, autrement dit : « Moi non, je ne pense pas. »

— J'ai lu très peu de livres sur les mouches, avoua Violette.

— Oh ! en réalité, l'adage n'a pas grand-chose à voir avec les mouches, expliqua le Dr Orwell. C'est plutôt une façon de dire que, pour obtenir ce qu'on veut, mieux vaut la manière douce – douce comme le miel. Les manières déplaisantes, comme le vinaigre, marchent moins bien.

— Intéressant, commenta Klaus qui se demandait où elle voulait en venir.

— Vous vous demandez où je veux en venir, dit le Dr Orwell, s'arrêtant devant une porte qui annonçait : « Salle d'attente ». Mais tout va s'éclairer sous peu, vous allez voir. Et maintenant, Klaus, suis-moi ; vous, les petites, vous l'attendez là.

Violette et Prunille hésitèrent.

— Il y en a pour cinq minutes, promit le Dr Orwell, tapotant sur la tête ronde de Prunille.

— Bon, se résigna Violette avec un petit signe d'encouragement pour son frère.

Elle l'escorta des yeux jusqu'au fond du couloir, puis, la main de sa sœur dans la sienne, elle poussa la porte résolument.

Sitôt entrées, Violette et Prunille consta-
tèrent que le Dr Orwell avait dit vrai : tout
s'éclairait, en effet.

La salle d'attente était petite et d'une bana-
lité remarquable (du moins si la chose est
possible). Un canapé, quelques fauteuils, des
magazines fripés sur une table basse et une
réceptionniste derrière un bureau : c'était la salle
d'attente classique. Mais un regard suffit aux
deux sœurs pour y repérer ce que jamais, je
l'espère, vous ne verrez dans une salle d'attente.

Sur le bureau, une petite plaque indiquait le
prénom de la réceptionniste : « Shirley ». Joli
prénom, mais cette Shirley n'en était pas une,
malgré le petit tailleur fauve et les chaussures
beiges à talon sage. Car, entre la bouche bardée
de rose et la frange de boucles blondes qui avait
tout d'une perruque, brillaient deux yeux luisants,
luisants, que les petites reconnurent d'emblée.

Georgina Orwell, si aimable, avait été le miel
de l'adage.

Les trois enfants étaient les mouches.

Perché sur une chaise de dactylo, avec son
sourire de requin, le comte Olaf venait de les
attraper.

Chapitre IX

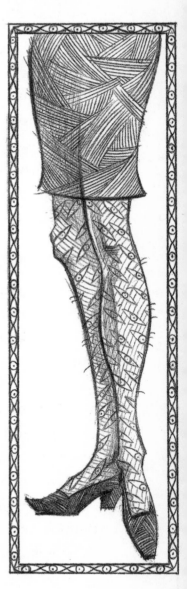

Souvent, lorsqu'un enfant a des « problèmes », des gens savants assurent avoir l'explication : s'il collectionne les ennuis, c'est qu'il a une mauvaise opinion de lui-même. Par exemple, il se trouve trop laid ; ou trop bête ; ou trop maladroit ; ou un peu tout à la fois. Et, qu'il ait raison ou non, ce manque d'estime pour lui-même le pousse à s'attirer les ennuis.

En réalité, sauf exception, les ennuis n'ont rien à voir avec l'opinion qu'on a de soi. En général, ils n'ont pas besoin qu'on les attire. Ils viennent tout seuls, déclenchés par une cause extérieure – une peau de banane, un réveil qui retarde, des abeilles tueuses, un prof mal luné. Aucun rapport avec cette fameuse estime de soi.

Violette et Prunille Baudelaire en sont la parfaite illustration. En cet instant, dans cette salle d'attente, les deux sœurs avaient d'elles-mêmes une opinion tout à fait saine. Violette se savait ni sotte ni maladroite, d'ailleurs elle avait mis au point toutes sortes de machines et de machins qui avaient fonctionné sans problème. Prunille se savait d'une intelligence normale, d'ailleurs ses aînés écoutaient toujours ce qu'elle avait à dire. Ni l'une ni l'autre ne se croyait laide et d'ailleurs, à l'instant même, chacune voyait son reflet fort acceptable dans les petits yeux luisants, luisants braqués sur elles. Ce qui ne les empêchait pas d'être dans les ennuis jusqu'au cou.

— Bonjour, les petites, glapit le comte Olaf d'une voix ridiculement haut perchée, comme s'il était une Shirley véritable et non un scélérat cherchant à faire main basse sur la fortune Baudelaire. Comment vous appelez-vous ?

— Vous le savez très bien, comment on s'appelle, répondit Violette. Et nous aussi, nous savons qui vous êtes. La perruque et le rouge à lèvres n'y changent rien, comte Olaf !

— Pardon ? Vous faites erreur, j'en ai peur. Je m'appelle Shirley. C'est écrit ici, voyez ?

— Fitti ! s'écria Prunille, autrement dit : « Ça ne prouve rien ! Ce n'est pas parce que c'est écrit que c'est vrai. »

— Prunille a raison, dit Violette. Pour être Shirley, il faudrait plus qu'une petite plaque avec un nom dessus.

— Je vais vous le dire, pourquoi je suis Shirley, rétorqua le comte de sa voix normale. Je suis Shirley parce que c'est ainsi que je veux qu'on m'appelle. C'est tout. Ne pas le faire, c'est de l'impolitesse.

— Ça m'est bien égal d'être impolie, dit Violette. Pas besoin de politesse avec quelqu'un comme vous !

Le comte Olaf hocha la tête.

— Si vous me manquez de politesse, moi aussi je pourrais bien faire quelque chose d'impoli. Vous arracher les cheveux à pleines mains, par exemple.

Machinalement, Violette et Prunille regardèrent ses mains. Alors seulement elles notèrent qu'il s'était laissé pousser les ongles. Sur ces griffes longues et pointues, il avait mis du vernis rose vif. Elles échangèrent un coup d'œil de biais. Les ongles du comte Olaf ressemblaient à des serres d'aigle.

— Compris, *Shirley*, dit Violette. Alors comme ça, depuis notre arrivée, vous êtes en train de monter votre coup ?

Du bout des ongles, Shirley réajusta sa perruque.

— Bien possible, dit-elle de sa voix haut perchée.

— Dans cette maison en forme d'œil ?

— Bien possible, dit Shirley avec un battement de paupières (et les sœurs Baudelaire remarquèrent que, sous ses sourcils soudés, le comte s'était affublé de faux cils en balayette).

— Et vous êtes de mèche avec le Dr Orwell, conclut Violette.

— Bien possible, dit Shirley.

Et, décroisant ses jambes osseuses, elle révéla des bas blancs ornés de motifs en forme d'œil.

— Popinch, affirma Prunille.

— Elle dit que le Dr Orwell a hypnotisé Klaus

exprès, pour provoquer cet horrible accident.
C'est vrai ?

— Pas impossible, répondit Shirley.

— Et en ce moment même, Klaus est en train
de se faire réhypnotiser, c'est ça ?

— Pas totalement exclu, dit Shirley.

Violette se tourna vers Prunille, le cœur
battant à tout rompre. Elle prit sa petite sœur
sur sa hanche et recula d'un pas vers la porte.

— Et maintenant, dit-elle, vous allez essayer
de vous débarrasser de nous, c'est ça ?

— Bien sûr que non ! répondit Shirley. Je
vais vous proposer un petit four, en gentille
réceptionniste que je suis.

— Vous n'êtes pas réceptionniste.

— Bien sûr que si ! assura Shirley. Je suis
une pauvre réceptionniste seule au monde, sans
famille, sans personne, sans rien, et qui meurt
d'envie d'élever des enfants. Trois enfants, voilà
ce qu'elle aimerait : une grande fille à la langue
bien pendue, un gentil garçon hypnotisé, et une
toute-petite aux dents de lapin.

— Eh bien, passez une annonce, dit Violette.
Nous, nous avons déjà un tuteur.

— Oh ! mais votre tuteur ne voudra pas de

vous longtemps, déclara Shirley, les yeux brillants. Il sera trop heureux de se débarrasser de vous. Et moi je serai là pour prendre la relève.

— C'est complètement ab... commença Violette.

Elle se tut net. Était-ce si absurde ? Après tout, M. le Directeur ne semblait guère tenir à eux. Il leur avait fourni deux couchettes pour trois. Il les avait mis au travail dans sa scierie. Il les nourrissait de chewing-gum à midi. Rien de tout cela ne semblait indiquer des trésors d'affection. Et s'il trouvait commode de se décharger d'eux, pour finir ?

— Qu'est-ce qui est complètement *ab* ? susurra une voix dans son dos.

Violette et Prunille se retournèrent. Le Dr Orwell poussait Klaus devant elle, un Klaus à lunettes neuves et parfaitement hagard.

— Klaus ! s'écria Violette. Nous étions ab...

Elle se tut net, « ...ominablement inquiètes » coincé en travers de sa gorge. Quelle étrange expression avait Klaus ! C'était la même, strictement la même, que la veille au soir, au clair de lune, quand il était enfin rentré. Derrière ses nouvelles lunettes il écarquillait des yeux immenses, et son sourire avait quelque chose d'incertain, comme si ses sœurs étaient pour lui de vagues connaissances.

— *Ab* encore ! fit le Dr Orwell. On peut savoir ce que c'est que ce mot ?

— Oh, ce n'est sans doute pas un mot, dit Shirley. Ces petites s'expriment par borboygmes.

— *Borborygme*, dit le Dr Orwell. Bruit causé par le déplacement d'un gaz dans un estomac ou un intestin. Au sens figuré : façon de s'exprimer d'un esprit demeuré. Oui, vous avez raison, ils sont un peu demeurés, ces enfants, conclut-elle comme si elle parlait de la pluie et non de trois personnes présentes.

— Oui, docteur. Un peu débiles mentaux, approuva Shirley de sa voix pointue.

— Appelez-moi Georgina, je vous prie, dit le Dr Orwell avec un clin d'œil hideux. Bien. Mesdemoiselles, je vous rends votre frère. Il est un peu fatigué, mais c'est normal. Demain matin, il sera en pleine forme. Mieux qu'en pleine forme, je dirais. *Beaucoup* mieux. (De sa canne, elle indiqua la porte.) Vous savez comment on sort, je crois.

— Moi pas, dit Klaus d'une petite voix.

119

Je ne me souviens même pas d'être entré.

— C'est fréquent après un examen oculaire, assura le Dr Orwell. Maintenant, sauvez-vous, les orphelins.

Violette prit son frère par la main et esquissa un pas vers la porte. Puis elle hésita, incrédule :

— On peut vraiment s'en aller ?

— Puisqu'on vous le dit, répondit le Dr Orwell. Mais tout me porte à croire que nous nous reverrons bientôt. Klaus semble terriblement maladroit, ces temps-ci. Il n'arrête pas de provoquer des accidents.

— Roumpich ! fit Prunille, autrement dit : « Accidents ? Méfaits de l'hypnose, plutôt ! »

Mais les adultes n'écoutaient pas. Le Dr Orwell s'effaça pour laisser passer le trio, Shirley esquissa un salut fuchsia du bout de ses doigts maigres et minauda :

— Au revoir, les petits enfants !

Klaus répondit d'un signe de main, puis se laissa entraîner par ses sœurs.

— Tu avais besoin de lui faire au revoir ? siffla Violette à ses oreilles sitôt qu'ils furent dans le couloir.

Klaus plissa le front.

— Elle a l'air gentil, je trouve. En plus, je suis sûr de l'avoir déjà vue quelque part.

— Balivotte ! se récria Prunille, ce qui signifiait manifestement : « Mais c'est le comte Olaf déguisé ! »

— Ah bon, dit Klaus d'un ton vague.

— Oh ! Klaus, gémit Violette. Quand je pense que Prunille et moi on a perdu du temps à discuter avec cette Shirley ! On aurait bien mieux fait d'aller à ton secours. Te voilà hypnotisé une fois de plus, c'est clair. Essaie de te concentrer, je t'en supplie ! Essaie de retrouver ce qui s'est passé.

— J'ai cassé mes lunettes, dit Klaus d'une voix lente. Après ça… on a quitté la scierie… Oooh, je suis affreusement fatigué. Je peux aller me coucher, Veronica ?

— *Violette*, rectifia Violette. Pas Veronica.

— Oh pardon, dit Klaus. Je suis si fatigué.

Violette ouvrit la porte ronde, tous trois redescendirent l'escalier et se retrouvèrent sur le trottoir, dans la morne rue de La Falotte. Violette se souvint brusquement du soir de leur arrivée – était-ce cinq jours plus tôt ? était-ce dix ? La bâtisse en forme d'œil, du plus loin qu'ils l'avaient

repérée, leur avait paru suspecte. Leur instinct leur criait : danger ! On devrait toujours écouter son instinct. Et jamais un Mr Poe.

— On ferait mieux de l'emmener au dortoir, dit Violette à Prunille. Dans l'état où il est... Et ensuite, à mon avis, le mieux est d'aller prévenir M. le Directeur. Lui expliquer ce qui est arrivé. J'espère qu'il pourra faire quelque chose.

— Gouri, approuva Prunille d'un ton sombre.

Les deux sœurs guidèrent leur frère jusqu'au grand portail, puis à travers la cour déserte et jusqu'au dortoir tout au fond. L'heure du dîner approchait. Les ouvriers, assis sur leurs couchettes, devisaient entre eux à mi-voix.

— Ah ! vous revoilà, vous trois ? dit l'un d'eux en voyant les enfants entrer. Vous avez du culot de rappliquer, après ce que vous avez fait à Phil.

— Faut pas dire ça ! protesta la voix de Phil, et les enfants, tournant la tête, le virent allongé sur sa couchette, la jambe dans un énorme plâtre. Faut pas dire ça, Klaus l'a pas fait exprès. Pas vrai, Klaus ?

Klaus cligna des yeux.

— Fait *quoi* exprès ?

— Il est très fatigué, se hâta de dire Violette.

123

Comment ça va, Phil ? Pas trop mal, j'espère ?

— Oh ! impeccable, assura Phil. Ma jambe gauche n'est pas trop ravie, mais le reste est en pleine forme. J'ai une veine de pendu. Mais assez parlé de moi. Y a un petit mot pour vous. MacFool a dit que c'était important.

Phil tendit à Violette une enveloppe sur laquelle était dactylographié : « Enfants Baudelaire ». À l'intérieur se trouvait une note identique à celle du jour de leur arrivée – seul le message différait un peu :

Note de service
À l'attention de : Orphelins Baudelaire
De la part de : M. le Directeur
Objet : Votre arrivée

J'ai été informé de l'accident que vous avez provoqué ce matin à la scierie. Par votre faute, non seulement un ouvrier a été blessé, mais encore le travail a dû être interrompu.

Les accidents sont causés par les mauvais ouvriers, et les mauvais ouvriers ne sont pas tolérés aux Établissements Fleurbon-Laubaine. Si vous en provoquez à nouveau, je serai contraint de vous licencier et de vous envoyer ailleurs. J'ai fait la connaissance d'une jeune femme très gentille qui habite en ville et se ferait un plaisir d'adopter trois enfants. Elle se prénomme Shirley et exerce le métier de réceptionniste. Si vous continuez tous trois à vous comporter en mauvais ouvriers, je vous remettrai entre ses mains.

Chapitre X

Violette lut la note à voix haute pour son frère et sa sœur. Leurs réactions, bien différentes, la peinèrent autant l'une que l'autre.

Prunille, en entendant ces mots, se mordit vivement la lèvre. Ses petites dents étaient si tranchantes qu'aussitôt le sang perla et lui coula sur le menton.

Mais la réaction de Klaus fut peut-être plus navrante encore ; ou plutôt son absence de réaction, car il ne parut même pas entendre. Il regardait droit devant lui d'un air hébété. Violette remit la note dans l'enveloppe, s'assit sur la couchette du bas et réfléchit.

À présent, que faire ? Mais que faire ?

— Mauvaise nouvelle ? demanda Phil, plein

de compassion. N'oublie pas : presque toujours, à quelque chose malheur est bon.

Violette essaya de lui sourire, mais ses muscles du sourire manquaient un peu de souplesse.

— Il faut aller voir M. le Directeur, dit-elle. Lui expliquer ce qui s'est passé.

Phil parut sceptique.

— En principe, pour le voir, il faut un rendez-vous.

— C'est une urgence, dit Violette. Viens, Prunille. Viens Kl…

Elle observa son frère aux yeux immenses. Elle songea à l'accident qu'il venait de provoquer. Il était hypnotisé ; et si le comte Olaf agissait à travers lui ?

— Dinel, suggéra Prunille.

— Il vaut mieux que Klaus ne vienne pas, décida Violette. Phil, vous voulez bien garder l'œil sur lui pendant que nous sommes chez le directeur ?

— Bien sûr, répondit Phil. Heureux de rendre service.

— Merci de le surveiller de très près, insista Violette, escortant son frère jusqu'à sa couchette. Il a… Il n'est pas tout à fait lui-même, en ce moment, vous l'avez sans doute remarqué. Veillez à ce qu'il ne s'attire pas de nouveaux ennuis, je vous en supplie.

— Entendu, promit Phil.

— Merci. Tu sais quoi, Klaus ? reprit Violette. Tu vas dormir un bon coup, d'accord ? Ça ira mieux demain.

— Houbi, fit Prunille.

En clair : « Espérons-le. »

Klaus s'allongea sur sa couchette et ses sœurs regardèrent ses pieds nus, noirs de crasse.

— Bonne nuit, Violette, dit Klaus. Bonne nuit, Perrine.

— *Prunille*, rectifia Violette. Elle s'appelle Prunille.

— Ah pardon, balbutia Klaus. Je suis si fatigué. Vous êtes sûres que ça ira mieux demain ?

— Avec un peu de chance, oui, dit Violette. Et maintenant, dors.

Klaus leva vers elle un regard las.

— Oui m'sieur.

Il ferma les yeux ; il dormait.

Son aînée le borda dans sa couverture et le contempla un instant, soucieuse. Elle prit Prunille par la main et, avec un sourire pour

Phil, toutes deux repartirent tout droit en direction des bureaux. Dans le hall, le grand miroir ne leur arracha pas un regard. Violette frappa à la porte sur laquelle était écrit : DIRECTION.

— Entrez !

Elles poussèrent la porte en tremblant.

M. le Directeur était assis derrière un immense bureau de bois sombre, la tête dans la fumée de son éternel cigare. Le bureau disparaissait sous des piles de papiers et, sur la plaque indiquant « Patron », les lettres étaient en chewing-gums mâchés – pareilles à celles du portail, mais en vert et en plus petit. On distinguait mal le restant de la pièce, car il n'y avait qu'une lampe en tout, une minuscule lampe de bureau. Debout près de la fumée se tenait la grande silhouette de Charles, qui eut un sourire timide en voyant entrer les petites.

— Vous avez rendez-vous ? s'enquit la fumée en guise de salut.

— Non, M. le Directeur, avoua Violette. Mais il faut qu'on vous parle, c'est important.

— C'est moi qui décide de ce qui est important, ici ! siffla la fumée. Voyez ce qui est écrit sur cette plaque ? Patron. Le patron, c'est moi.

Une chose a de l'importance si j'estime qu'elle en a. Compris ?

— Oui, M. le Directeur, dit Violette. Mais je crois que vous allez être d'accord dès que je vous aurai mis au courant.

— Je le suis déjà, au courant. C'est mon boulot. Vous n'avez donc pas lu ma note, au sujet de cet accident ?

Violette respira un grand coup et regarda M. le Directeur dans les yeux – ou, plus exactement, à l'endroit où les yeux devaient se trouver.

— L'accident, dit-elle enfin, est arrivé parce que Klaus a été hypnotisé.

— Ce que ton frère fait de ses loisirs m'importe peu. Et cela n'excuse pas les accidents.

— Vous ne comprenez pas, M. le Directeur, dit Violette. Klaus a été hypnotisé par le Dr Georgina Orwell, qui est de mèche avec le comte Olaf.

— Ooh ! fit Charles horrifié. Non ! Pauvres enfants ! M. le Directeur, il faut y mettre fin !

— Nous sommes en train d'y mettre fin, Charles. Nous ne faisons que ça. Écoutez-moi, les enfants. De deux choses l'une. Ou bien vous ne provoquez plus d'accidents, et la maison Fleurbon-Laubaine continue de vous protéger. Ou bien vous poursuivez vos frasques, et c'est la porte.

— M. le Directeur ! Vous ne mettriez pas ces enfants à la rue !

— Bien sûr que non. Comme je l'ai précisé dans ma note, j'ai rencontré une charmante réceptionniste. Dès qu'elle a su que j'avais trois enfants à ma charge, elle m'a assuré que, si vous me pesiez, elle était prête à vous prendre. Elle a toujours rêvé d'élever des enfants.

— Polchaf ! lâcha Prunille.

— C'est le comte Olaf ! lâcha Violette.

— Qui ça ?

— La réceptionniste.

— Dites ! tempêta la fumée. J'ai l'air d'un imbécile, peut-être ? Votre comte Olaf, Mr Poe m'en a fourni une description détaillée. Cette réceptionniste ne lui ressemble en rien. C'est une femme charmante.

Charles eut une idée.

— Avez-vous regardé, pour ce tatouage ? Le comte Olaf a un œil tatoué sur la cheville, vous vous souvenez ?

— Si j'ai regardé ? Bien sûr que non ! Ça ne se fait pas de regarder les chevilles des dames.

— Mais ce n'est pas une dame ! éclata Violette. C'est le comte Olaf.

— Je suis désolé. J'ai vu la plaque à son nom. Et cette plaque ne disait pas : comte Olaf. Elle disait : Shirley.

— Fitti ! s'écria Prunille, ce qui signifiait, nous le savons déjà : « Ça ne prouve rien ! Ce n'est pas parce que c'est écrit que c'est vrai. »

Mais Violette n'eut pas le temps de traduire. M. le Directeur frappa du poing sur la table.

— Hypnose ! Comte Olaf ! Fitti ! J'en ai assez de vos sornettes ! Ce qu'on vous demande, c'est de faire votre boulot, pas de provoquer des accidents ! J'ai déjà bien assez à faire sans m'encombrer d'enfants empotés !

Violette eut une autre idée.

— Euh, s'il vous plaît... Est-ce qu'on pourrait appeler Mr Poe ? Il connaît bien le comte Olaf, lui. Il pourra peut-être faire quelque chose.

Elle se garda de préciser que faire quelque chose, en général, n'était pas le fort de Mr Poe.

— Un appel longue distance, en plus ? Avec tout ce que je fais déjà pour vous ? Non mais, vous savez ce que ça coûte ? Une dernière fois, mettez-vous ceci dans le crâne : encore un faux pas, et je vous remets à Shirley.

— M. le Directeur, intervint Charles. S'il vous plaît, ce sont des enfants. Souvenez-vous, j'ai toujours dit que ce n'était pas une très bonne idée de les faire travailler à la scierie. Ils devraient être traités comme des membres de la famille.

— Ils *sont* traités comme des membres de la famille ! Plusieurs de mes cousins travaillent à la scierie et logent au dortoir. Je refuse de discuter avec vous, Charles. Vous êtes mon associé. Votre boulot, c'est de repasser mes chemises et de préparer mon frichti, pas de me donner des ordres !

— Je sais bien, M. le Directeur, dit Charles d'une voix douce. Je sais bien. Je vous demande pardon.

— Et maintenant, sortez ! Sortez tous ! Croyez que j'ai que ça à faire ?

Prunille rouvrit la bouche pour dire quelque chose, mais elle se ravisa ; à quoi bon ? Violette songea à un nouvel argument, mais elle se ravisa ; à quoi bon ? Charles esquissa le geste de lever la main pour une objection, mais il se ravisa ;

à quoi bon ? Tous trois quittèrent le bureau enfumé et s'arrêtèrent un instant dans le couloir.

— Ne vous tracassez pas, chuchota Charles très bas. Je vais tâcher de faire quelque chose pour vous.

— Oh merci ! chuchota Violette. Vous allez appeler Mr Poe pour lui dire que le comte Olaf est ici ?

— Hulo ? chuchota Prunille, autrement dit : « Vous allez faire arrêter le Dr Orwell ? »

— Ou alors nous cacher ? dit Violette. Pour nous protéger de Shirley ?

— Hénipoul ? dit Prunille, autrement dit : « Déshypnotiser Klaus ? »

— Non, reconnut Charles à regret. Non, je ne peux rien de tout cela, M. le Directeur serait furieux. Non, mais demain, à l'heure du déjeuner, j'essaierai de vous apporter des raisins secs. Ça ira ?

Ça n'avait aucune chance d'aller, bien sûr. Les raisins secs sont un aliment très sain, nour-rissant, de digestion facile, et certaines personnes en raffolent. Mais on peut difficilement voir en eux un premier secours en cas d'urgence – sauf cas d'inanition, bien sûr. En réalité, les raisins secs figurent assez bas sur la liste des produits conseillés dans la lutte anti-comte Olaf, et Violette le savait bien.

En fait, elle n'écoutait plus. Elle regardait la porte bleue au fond du couloir. Prunille non plus ne disait rien. Pour sa part, elle filait déjà, à quatre pattes et à toute allure, en direction de la porte bleue. Ni l'une ni l'autre n'avaient le temps de faire la causette avec Charles. Les minutes étaient comptées. Il fallait trouver une stratégie, un plan de défense, n'importe quoi – mais quelque chose, assurément, de plus utile et plus radical que des raisins secs.

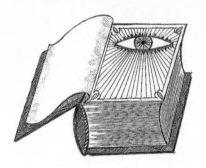

Chapitre XI

Comme nous l'avons remarqué au début du présent ouvrage, la toute première phrase d'un livre en dit souvent long sur son contenu. Par exemple, rappelez-vous, celui que vous tenez en main démarrait de la façon suivante : « Par la vitre encrassée du train, les orphelins Baudelaire regardaient défiler les troncs de la forêt de Renfermy, noire et lugubre à faire frémir, et se demandaient si leur vie allait enfin prendre un tour meilleur. » Avouez que tout le récit, jusqu'ici, s'est traîné aussi misérablement que cette première phrase.

Si j'aborde à nouveau le sujet, c'est pour donner une idée de l'infini découragement qui saisit Violette et Prunille, en ce triste après-midi, dans la bibliothèque Fleurbon-Laubaine.

Et pourtant, en entrant là, elles avaient déjà le cœur bien lourd. Mais leur détresse redoubla face à la première phrase du *Précis d'ophtalmologie avancée*, par le Dr Georgina Orwell.

Cette première phrase disait en effet :

« Le présent in-quarto a pour objet l'étude approfondie, dans sa quasi-exhaustivité, de l'épistémologie avancée des estimations ophtalmologiques des divers systèmes oculaires et des processus subséquents requis pour l'expugnation des états pathologiques. »

Violette la lut à voix haute à Prunille, et toutes deux se sentirent saisies de ce vertige qui vous prend lorsque vous vous attaquez à un livre très ennuyeux et très ardu.

— Hou là ! murmura Violette, qui se demandait déjà ce que pouvait bien être un *in-quarto*. Pas l'air commode, comme bouquin.

— Gardji, approuva Prunille, qui butait sur le mot *épistémologie*.

— Si seulement on avait un dictionnaire ! dit Violette. Peut-être qu'on finirait par trouver ce que veut dire cette phrase.

— Yak ! fit Prunille, autrement dit : « Si seulement Klaus n'était pas hypnotisé ! Lui saurait nous dire ce que signifie cette phrase. »

Et toutes deux soupirèrent à la pensée de leur frère hypnotisé. Ce Klaus-là était si différent du Klaus familier que c'était presque comme si le comte Olaf avait déjà réalisé son odieux projet, venir à bout du trio Baudelaire. Le Klaus habituel s'intéressait à tout, le Klaus hypnotisé avait le regard vide. Le Klaus habituel clignait des yeux à force de lire, le Klaus hypnotisé ouvrait des yeux de mérou comme s'il avait trop regardé la télé. Le Klaus habituel avait toujours des tas de choses à dire, le Klaus hypnotisé était comme un poisson rouge.

— Oui, dit Violette. Lui, les mots compliqués, il adore ça. Mais en ce moment, il nous l'a dit, c'est comme si une partie de son cerveau avait été effacée d'un coup d'éponge. Pauvre Klaus ! En deux jours, il nous a donné la définition de combien de mots ? Un seul, je crois : *pharaonique*... Au fait, Prunille, si tu essayais de te reposer un peu ? Si je trouve du nouveau, je te réveillerai, promis.

Prunille rampa sur la table et se vautra contre le *Précis d'ophtalmologie avancée*, à peu près aussi gros qu'elle. Violette contempla sa petite sœur un instant, puis elle rendit son attention à l'ouvrage.

En temps ordinaire, Violette aimait lire, mais sa vraie passion, c'était l'invention, bien plus que la recherche. Elle était loin de posséder l'extraordinaire faculté de lecture rapide de son frère. Une fois de plus, elle parcourut des yeux cette première phrase, mais elle n'y vit qu'une salade russe de mots tarabiscotés. Ah ! si Klaus avait été là ! Le Klaus non hypnotisé, bien sûr. Il aurait su par quel bout attaquer cette lecture…

Soudain, Violette eut une idée. Comment s'y serait pris Klaus, au fait ? Voilà ce qu'il fallait imaginer.

Abandonnant la première phrase, Violette tourna les pages à l'envers, à la recherche du sommaire. Le sommaire, comme chacun sait, fournit les titres de chapitre et les numéros de page où les trouver. Dans certains livres, surtout anciens, le sommaire se trouve à la fin et s'appelle table des matières. Violette n'y avait guère prêté attention, mais il lui semblait à présent revoir Klaus aller directement au sommaire ou à la table des matières pour y rechercher les chapitres qui l'intéressaient.

D'un bref coup d'œil, elle balaya la page.

1. Introduction   1
2. Ophtalmologie élémentaire   105
3. Myopie et hypermétropie   279
4. Cécité   311
5. Démangeaisons des cils   398
6. Lésions de la pupille   501
7. Clignements de paupières   612
8. Papillotements de paupières   650
9. Pratiques chirurgicales   783
10. Lunettes, lentilles de contact & monocles   857
11. Lunettes de soleil   926
12. Hypnose et suggestion hypnotique   927
13. Quelle est la meilleure couleur d'yeux ?   1000

Violette eut tôt fait de trouver ce qu'elle cherchait. Seul l'intéressait le chapitre 12, et elle se félicita d'avoir consulté le sommaire au lieu de lire neuf cent vingt-six pages pour rien. Enchantée de sauter l'abominable première phrase et son salmigondis de longs mots, elle passa directement à la page 927, « Hypnose et suggestion hypnotique ».

Lorsqu'un livre est écrit de la même façon du début jusqu'à la fin, on dit qu'il a de l'*unité de style*. Par exemple, celui que vous êtes en train de lire a de l'unité de style : il a démarré tristement et finira tristement. Je regrette de devoir le dire, mais Violette découvrit, en s'attaquant au chapitre 12, que l'ouvrage du Dr Orwell présentait lui aussi une remarquable unité de style. « Hypnose et suggestion hypnotique » commençait en effet ainsi : « L'hypnose est une méthodologie impliquant des processus élaborés, efficaces mais aléatoires, qui ne devraient en aucun cas être mis en œuvre par des néophytes », phrase à peu près aussi assommante et ardue que la toute première de l'ouvrage.

Violette lut cette phrase, elle la relut et relut encore, et elle sentit son cœur sombrer. Comment donc faisait Klaus ? Certes, du temps où les enfants vivaient chez leurs parents, il y avait toujours eu un gros dictionnaire dans la bibliothèque Baudelaire, et Klaus l'avait souvent consulté pour déchiffrer les livres ardus. Mais comment diable faisait-il pour lire des livres ardus lorsqu'il n'avait pas de dictionnaire sous la main ? Pourtant, Violette l'avait vu faire ; chez la juge Abbott, par exemple. Il y parvenait, mais comment ? C'était une énigme, et une énigme à résoudre vite.

Violette se replongea dans le grimoire, et relut la phrase une fois de plus. Cette fois, elle avait résolu de sauter les mots inconnus. Comme il arrive souvent lorsqu'on lit de cette façon, son cerveau émettait un petit bourdonnement chaque fois que ses yeux tombaient sur un mot mystérieux. Ainsi, dans sa tête, la première phrase devenait : « L'hypnose est une méthod*rhmmm rhmmm*ant des *rhmmm rhmmm*, efficaces mais *rhmmm*, qui ne devraient en aucun cas être mis en œuvre par des *rhmmm* », et Violette, sans comprendre tout à fait de quoi il retournait, pouvait cependant essayer de deviner.

— Ça pourrait vouloir dire, réfléchit-elle à mi-voix, que l'hypnose est efficace mais difficile, et que les amateurs ne devraient pas essayer.

Et le plus fort est qu'au fond elle n'était pas si loin de la vérité.

Alors, elle continua à lire de cette façon. La soirée avançait, Violette avançait dans sa lecture. À sa surprise, elle découvrait que de phrase en phrase, à force de deviner, elle faisait son chemin dans le chapitre 12 du *Précis d'ophtalmologie avancée*. Ce n'est certes pas le meilleur moyen de lire un livre, et à ce jeu de devinettes on peut se tromper lourdement, mais en cas d'urgence c'est mieux que rien.

Des heures durant, un silence épais régna sur la bibliothèque, à peine froissé de loin en loin par un bruissement de page tournée. Au cœur de la nuit, Violette lisait, en quête d'informations utiles. De temps à autre, elle jetait un regard à sa sœur et, pour la première fois de sa vie, elle se prenait à regretter que Prunille fût si petite. Quand on est confronté à une question angoissante – par exemple, comment déshypnotiser un frère afin d'échapper aux griffes d'un malfrat déguisé en réceptionniste –, pouvoir en discuter avec quelqu'un est souvent d'un précieux secours. Violette se rappelait combien les discussions avec Klaus s'étaient révélées précieuses, le jour où tante Agrippine leur avait laissé un message codé. Avec Prunille, c'était différent. La benjamine du trio Baudelaire était une enfant adorable, pourvue d'une excellente dentition et remarquablement éveillée pour son âge. Mais ce n'était encore qu'un bébé, et Violette regrettait fort, tout en *rhmmm*ant son chemin à travers le chapitre 12, de n'avoir que ce bout de chou avec qui débattre de sa question angoissante.

Pourtant, lorsqu'elle tomba sur une phrase qui lui semblait contenir un indice, elle réveilla sa petite sœur, tout doux, pour lui lire la phrase à voix haute.

— Écoute ça, Prunille. « Une fois le sujet hypnotisé, un simple mot *rhmmm* lui fera exécuter tous les gestes *rhmmm* que le *rhmmm* veut lui voir *rhmmm*. »

— *Rhmmm ?* fit Prunille.

— *Rhmmm*, c'est les mots compliqués, expliqua Violette. Pas facile de lire de cette façon, mais j'arrive à peu près à deviner, en gros, ce que ça veut dire. Ici, à mon avis, ça signifie qu'une fois que tu as hypnotisé quelqu'un, peu importe comment, tu n'as plus qu'à prononcer un certain mot et ce quelqu'un fait tout ce que tu veux. Tu te rappelles ce que Klaus nous a raconté – ce qu'il avait lu dans l'*Encyclopædia Hypnotica* ? Ce roi égyptien qui imitait une poule, ce marchand qui jouait du violon, cet écrivain qui écrivait sans savoir écrire ? Tout ce que leurs hypnotiseurs faisaient, c'était prononcer un mot précis. Mais ce n'était pas le même mot pour chacun... Je me demande bien quel est le mot, pour Klaus.

— Hix, fit Prunille.

Ce qui signifiait sans doute : « Aucune idée. Je suis encore un peu petite. »

Violette lui sourit et s'efforça d'imaginer ce qu'aurait dit Klaus s'il avait été là, dans cette bibliothèque – le Klaus non hypnotisé, bien sûr.

— Je vais essayer d'en lire davantage, décida-t-elle.

— Brévol, approuva Prunille.

Autrement dit : « Et moi, je vais essayer de dormir davantage. »

Le silence reprit ses droits. Violette lisait à grands *rhmmm*, mais la fatigue gagnait, et avec elle l'inquiétude. Plus qu'une heure ou deux et les casseroles sonneraient le retour au travail. Plus qu'une heure ou deux et ses efforts auraient été vains...

Mais juste comme Violette piquait du nez sur son livre, elle tomba sur un passage qui lui parut si capital qu'elle le lut tout haut sur-le-champ, ce qui éveilla Prunille en trois secondes.

— « Pour mettre fin à la *rhmmm* hypnotique du sujet, on utilisera la même méthode *rhmmm* : un mot *rhmmm*, prononcé haut et clair, *rhmmm*ra le sujet immédiatement. » À mon avis, il s'agit ici de déshypnotiser la personne, et on fait ça en prononçant bien fort un autre mot. Si seulement on arrivait à deviner ce mot-là pour Klaus ! On le déshypnotiserait vite fait, et on échapperait à cette Shirley.

— Skel, fit Prunille, se frottant les yeux. Ce qui signifiait sûrement : « Je me demande bien quel mot ça peut être. »

— Je me le demande aussi, dit Violette. Et on a intérêt à le trouver !

— *Rhmmm*, fit Prunille, signe qu'elle réfléchissait, non qu'elle lisait un mot difficile.

— *Rhmmm*, fit Violette qui réfléchissait aussi.

Mais, au même instant, un autre *rhmmm* se fit entendre et les deux sœurs se regardèrent, soucieuses.

Ce n'était pas le *rhmmm* d'un cerveau qui bute sur un mot, ce n'était pas non plus le *rhmmm* de quelqu'un qui réfléchit. C'était un *rhmmm* plus sonore, plus prolongé, avec un peu de *bzzz* dedans. Les sœurs Baudelaire, en l'entendant, sortirent de la bibliothèque, Violette tenant d'une main la petite main de Prunille et serrant sous son autre bras le *Précis d'ophtalmologie avancée*. C'était le *rhmmm* d'une scie de scierie. Dans le petit matin blafard, quelqu'un venait de mettre en marche l'engin le plus redoutable des Établissements Fleurbon-Laubaine.

D'un pas vif, Violette et Prunille traversèrent la cour déserte, sombre encore dans les lueurs de l'aube. En hâte, elles entrouvrirent la porte du hangar aux machines et jetèrent un coup d'œil à l'intérieur.

Non loin d'elles, leur tournant le dos, MacFool aboyait des ordres en gesticulant. La grande scie circulaire ronflait, de ce *rhmmm* agressif des scies prêtes à mordre, et devant elle gisait un tronc sur le point d'être présenté à ses dents d'acier. Mais ce tronc, bizarrement, était emmailloté de ficelle, des mètres et des mètres de grosse ficelle à lier les planches.

Intriguées, Violette et Prunille firent trois pas de loup en avant, dans le dos du contremaître, et elles virent que quelque chose était pris dans la ficelle, un long ballot attaché au tronc.

Intriguées plus encore, elles firent trois pas

de plus et virent que le ballot était Charles. Il était ligoté au tronc avec tant et tant de ficelle qu'on aurait dit un énorme cocon, à ce détail près que jamais cocon ne parut aussi terrorisé. Plusieurs couches de ficelle sur sa bouche le bâillonnaient proprement, mais ses yeux, dégagés, s'écarquillaient de terreur.

— Eh oui, freluquet ! ricanait MacFool. (À qui donc parlait-il ?) Jusqu'ici tu t'en es tiré, mais encore un petit accident et le patron vous vire, vous autres. (Tout juste : c'était à Klaus.) Et à ce moment-là, nous, on vous cueille ! Cette fois, pour un accident, ça va en être un beau. Imagine un peu la tête du patron quand il va retrouver son associé débité en planches ! Bon, et maintenant, bigleux, au boulot ! Approche cette scie du tronc !

Violette et Prunille s'avancèrent encore de trois pas de loup. Si elles l'avaient voulu, elles auraient pu chatouiller MacFool, mais elles n'y tenaient pas spécialement. Elles voyaient très bien Klaus, à présent. Pieds nus dans la cabine de l'engin, aux commandes de l'énorme scie, il tournait vers le contremaître un regard absolument vide.

— Oui m'sieur, répondit-il.

Et les yeux de Charles s'agrandirent d'effroi.

Chapitre XII

K laus ! cria Violette. Klaus !
Non, arrête !
— MacFool fit volte-face. Par-
dessus le masque chirurgical, ses yeux de
poisson lançaient des éclairs.

— Ah ! voilà les deux mouflettes ! Venez,
venez, moucheronnes ! Vous arrivez juste à
temps pour assister à l'accident !

— *Accident !* dit Violette outrée. Vous êtes
en train de le faire exprès !

— Ne coupons pas les
cheveux en quatre, répondit
le contremaître, et il rit tout
seul de son trait d'esprit.

— Et en plus, cingla
Violette, c'est entièrement

prémédité ! Et le premier accident aussi ! Vous avez tout manigancé avec le Dr Orwell et Shirley !

— Et alors ?

— Deluni ! renchérit Prunille, autrement dit : « Non seulement vous êtes un affreux contre-maître, mais en plus vous êtes un monstre ! »

— Aucune idée de ce que tu baragouines, microbe, lui dit MacFool, et je m'en moque. Maintenant, Klaus, mon gaillard, vas-y.

— Non, Klaus ! hurla Violette. Non !

— Kioutou, Klaus ! hurla Prunille. Kioutou ! Autrement dit : « Arrête, Klaus ! Arrête ! »

— Causez toujours, mes belles ! Vous n'y changerez rien. Vous voyez ?

Prunille voyait, en effet. Elle voyait son frère aux pieds nus actionner les manettes comme un sourd.

Mais Violette ne voyait pas ; elle ne regardait plus Klaus. Les yeux sur MacFool, elle essayait de retrouver ce qu'il venait de dire à son frère. Au fond, le problème était simple : Klaus était sous hypnose ; un mot provoquait chez lui l'obéissance absolue, un autre mot était capable de le ramener à l'état normal. C'était ce que Violette avait lu, de *rhmmm* en *rhmmm*, dans ce gros livre qu'elle tenait toujours sous le bras. Chercher le mot libérateur était à peu près sans espoir, mais le mot qui rendait Klaus docile, en revanche, avait sans doute été prononcé à l'instant même. Seulement, voilà : quel était-il ? MacFool avait traité Klaus de freluquet, mais ce n'était sans doute pas le mot clé. Il avait dit « au boulot », mais ce n'était sans doute pas cela non plus. Il avait dit… Hélas ! le mot clé pouvait être n'importe quoi ou presque.

— Parfait ! dit le contremaître à Klaus. Et maintenant, moustique, place ton engin bien dans l'alignement du tronc.

— Oui m'sieur.

Violette ferma les yeux et se creusa la cervelle, à la recherche du mot clé, celui qui avait été prononcé plusieurs fois. MacFool avait dû le prononcer aussi avant l'accident, la veille, mais qu'avait-il dit, justement ? « Toi, le bigleux, se souvenait Violette, c'est toi qui vas commander la machine aujourd'hui… » Quelque chose de ce genre. Violette ne se souvenait plus du reste, mais, à la fin de la tirade, Klaus avait répondu « Oui m'sieur » de cette voix molle et ensommeillée qui était sa voix d'hypnotisé.

— Igouf ! hurla Prunille à plein gosier.

Et le *rhmmm* de la scie se fit plus rageur, plus rauque. Klaus avait placé la machine dans l'alignement du tronc, et la lame dentée, résolument, mordait le bois à la base. Charles eut un sursaut de désespoir en entendant – peut-être même en sentant – les dents d'acier ronger ce tronc à moins d'un mètre de ses pieds.

Violette se torturait les méninges. La veille, avant de s'endormir, Klaus lui avait dit : « Oui m'sieur. » Avait-elle donc prononcé le mot clé ? Fébrile, elle s'efforçait de reconstituer la conversation. Il avait appelé Prunille *Perrine*, et puis... Mais qu'avait-elle donc dit, bon sang ?

— Continue, gringalet ! Pas le moment de ralentir, pas maintenant !

— Oui m'sieur.

Alors Violette comprit. En un éclair.

Maintenant.

— *Maintenant !* hurla Violette à son frère. Fais reculer cette scie, *maintenant !*

— Oui m'sieur, répondit Klaus.

Et les deux sœurs, à leur soulagement, virent l'engin faire marche arrière et la scie grondante se dégager du tronc entaillé. MacFool fit de

154

nouveau volte-face et foudroya Violette du regard. Il avait compris qu'elle avait compris.

— *Maintenant !* hurla le contremaître à Klaus. Tu te remets à scier, *maintenant*, et que ça saute !

— Oui m'sieur, marmotta Klaus.

— *Maintenant* tu recules ! hurla Violette. *Maintenant ! Maintenant !*

— *Maintenant* tu avances ! aboya MacFool. Veux-tu scier ce tronc !

— *Maintenant* en arrière !

— *Maintenant* en avant !

— *Maintenant* en arrière !

— *Maintenant* en avant !

— *ET MAINTENANT ?* lança une voix forte à l'entrée, et tous se retournèrent, MacFool, Violette, Prunille, Klaus et même Charles qui, à vrai dire, ne put tourner que les yeux.

Le Dr Orwell s'encadrait dans la porte, Shirley sur ses talons.

— Nous sommes venues voir si les choses avançaient, annonça Georgina Orwell, désignant la scie de sa canne. Nous avons bien fait, à ce que je vois. Et *maintenant*, lança-t-elle à Klaus, *maintenant*, tu m'entends, mon garçon ? *Maintenant* tu n'écoutes plus tes sœurs, plus du tout – terminé !

— Excellente idée, reconnut MacFool. Je n'y pensais pas.

— C'est bien pourquoi vous n'êtes que contre-maître, laissa tomber le Dr Orwell. Et *maintenant*, Klaus, tu replaces ton engin bien en face de ce tronc !

— Klaus, s'il te plaît ! supplia Violette. Je t'en supplie, euh, *maintenant*, non ! Arrête !

— Djikou ! supplia Prunille, autrement dit : « S'il te plaît, ne fais pas de mal à Charles ! »

— Par pitié, Dr Orwell ! implora Violette. N'obligez pas mon frère à faire quelque chose d'aussi monstrueux !

— Monstrueux ? Bon, enfin oui, admettons, concéda Georgina Orwell. Mais n'est-il pas plus monstrueux encore que la fortune Baudelaire revienne à trois moutards au lieu de nous revenir, à Shirley et à moi ? Nous allons nous partager le magot, toutes les deux. Moitié-moitié.

— Après déduction des frais, Georgina, rappela Shirley.

— Après déduction des frais, naturellement.

Le *rhmmm* de la scie prit un accent plus féroce. De nouveau, elle mordait le bois. Des larmes perlèrent aux yeux de Charles et coulèrent

156

le long de la ficelle qui le ligotait au tronc.

De rage, Violette laissa choir le *Précis d'oph-talmologie avancée*. Une chose au monde, une seule, pouvait sauver la situation : le mot capable d'arracher son frère à l'hypnose. Mais comment le trouver ? Contrairement au mot de commande, il n'avait été prononcé qu'une fois.

L'esprit en tumulte, Violette essayait de se souvenir, mais ce n'était pas facile.

C'était juste après l'accident de Phil. Prunille et elle avaient tout de suite compris, en entendant Klaus expliquer un mot rare, qu'il était redevenu lui-même. Mais quel était donc le mot qui l'avait brusquement rendu à lui-même ?

Violette sentit ses yeux s'humecter – comme ceux de Charles, comme ceux de Prunille dont la petite main se crispait dans la sienne. Plus que quelques secondes, et Charles allait périr d'une mort atroce. Alors tous trois tomberaient entre les griffes de cette prétendue Shirley. Et tout cela pourquoi ? Parce que l'infâme créature ne rêvait que de la fortune Baudelaire. Tout ce qui l'intéressait, c'était cet héritage. Empocher des sommes colossales, faramineuses, astronomiques... euh, comment disait Klaus, déjà ? Ah, oui...

Violette bondit. Le mot ! Si c'était lui ? Si c'était lui qui pouvait tout sauver ?

— *Pharaonique* ! hurla Violette à pleins poumons, par-dessus le feulement de la scie. *Pharaonique ! Pharaonique ! Pharaonique !*

Dans la cabine de l'engin, Klaus lâcha un levier.

— Où suis-je ? dit-il en clignant des yeux, à croire qu'un hélicoptère venait de le larguer là, au milieu de ce hangar.

— Klaus ! s'écria Violette éperdue. On est là ! Tu es avec nous !

— Crénom ! jura Georgina Orwell. Le voilà déshypnotisé ! Mais qu'est-ce qu'une petite bécasse pareille a à faire d'un mot comme *pharaonique* ?

— Ces sales mouflets connaissent des tas de mots, pépia Shirley de sa voix perchée. Ce sont des rats de bibliothèque. Mais attendez, on va tout de même l'avoir, notre accident. Pas ça qui va nous arrêter !

— Non ! Pas d'accident ! cria Klaus.

Et, abandonnant les commandes, il s'élança vers le tronc auquel était ligoté Charles, bien décidé à l'écarter une bonne fois de la scie.

— Oh que si, un bel accident ! rugit MacFool.

Et il lança la jambe en avant pour faire un croche-pied à Klaus.

On aimerait croire qu'un truc aussi usé ne marche pas à tous les coups, et surtout pas trois fois de rang. Hélas ! il est très au point. Klaus s'étala de tout son long, et sa tête alla porter contre une pile de cartons, dans un angle. Par chance, cette fois, ses lunettes restèrent sur son nez.

Mais déjà Violette à son tour se précipitait pour délivrer Charles en criant :

— Non, non, pas d'accident !

— Si, si, un bel accident ! pépia Shirley de sa voix ridicule.

Et elle attrapa Violette par un bras. MacFool empoigna l'autre bras. Violette était neutralisée.

Mais Prunille, à quatre pattes, s'élançait vers Charles à son tour.

— O founoya ! criait-elle. Founoya founa !

Elle n'escomptait pas, bien sûr, écarter ce tronc à elle seule, mais plutôt, en trois coups de dents, ronger la ficelle et libérer Charles.

— Si ! nous l'aurons, notre accident ! répliqua le Dr Orwell, se penchant pour cueillir la petite au passage.

Mais Prunille était prête. Elle se retourna

159

comme un bouledogue et *gnac !* de toutes ses forces, mordit la main de l'hypnotiseuse.

— Ouap ! glapit Georgina Orwell dans une langue universelle.

Puis, avec un sourire mauvais, elle lança en francais : « En garde ! »

En garde, peut-être le savez-vous, se dit avant un combat à l'épée, toujours avec un sourire mauvais. À ces mots, Georgina Orwell pressa sur le rubis qui ornait le pommeau de sa canne, et aussitôt une lame étincelante jaillit à l'autre extrémité. En une seconde, la canne s'était muée en épée, une épée dardée vers Prunille. La petite, naturellement, n'avait pas d'arme pour riposter, hormis ses quatre quenottes carrées qu'elle dénuda aussitôt afin d'intimider l'adversaire.

Et ce fut le *clink* métallique du fer heurtant le fer – à cela près que c'était le fer heurtant l'ivoire dentaire.

Clink !

Pour ma part, quand j'entends ce son, je repense au duel que j'ai mené contre un réparateur de télés, voilà peu. Mais Prunille songeait plutôt qu'elle n'avait aucune envie de se laisser découper en rondelles. Georgina Orwell, dere-

chef, fit siffler sa canne-épée, et Prunille, derechef, l'arrêta d'un coup de dents. Bientôt, le
concert de *clink* couvrit presque le ronflement
de la scie qui continuait de tourner au ralenti,
en somnambule, rongeant le bois, lentement
mais sûrement, en direction des pieds de Charles.

— Klaus ! hurla Violette qui se débattait
comme une diablesse entre les mains de
MacFool et de Shirley. Klaus ! Au secours !
Fais quelque chose !

— Lui ? gloussa Shirley. Pas de danger ! Il
est déshypnotisé, d'accord, mais encore complètement sonné ! Bien trop sonné pour faire
quelque chose !

Shirley se trompait. Klaus était sonné, mais
pas KO. *Faire quelque chose. Faire quelque chose.*
Ces trois mots sonnaient dans sa tête. Oui, mais
quoi ? Et comment ?

Sa chute l'avait fait rouler dans l'angle où
s'empilaient les stocks de chewing-gums et les
limes à écorcer. Il y était acculé sans espoir par
le combat féroce qui opposait Prunille à
Georgina Orwell. *Clink ! clink !* et *re-clink !*
Entre l'épée qui tournoyait et les dents de
Prunille qui claquaient, quiconque se serait

aventuré près d'elles y aurait laissé des plumes.

Mais par-dessus le concert de *clink !* la scie se mit à changer de ton, et Klaus vit avec horreur que la lame, toujours au ralenti, s'attaquait aux semelles de Charles ! Le malheureux essayait bien, en se trémoussant tant et plus, d'échapper à la machine infernale, mais il était ligoté serré. Déjà une fine sciure de semelle se mêlait à la sciure de bois. Vite ! Il fallait trouver quelque chose, inventer de quoi déplacer ce tronc ou arrêter la machine, quelque chose...

La suite de l'épisode, sur fond de *clink !*, fut bien plus brève, en temps réel, qu'elle ne va l'être par écrit ; j'en suis désolé, mais qu'y puis-je ?

Les yeux sur la scie, Klaus réfléchissait à plein régime. Inventer, c'était vite dit. Il était moins inventeur que sa sœur. De cœur, il était cher-cheur. Comment donc Violette faisait-elle ?

Violette – Klaus l'avait noté – commençait par faire l'inventaire des matériaux à portée de main. Ici, c'était vite fait : rien d'autre que des kilos de chewing-gums et un stock de ces longues limes à écorcer.

Et soudain, *clink !* Klaus eut une inspiration. En un clin d'œil, il éventra un paquet de chewing-gums, enfourna dans sa bouche quatre cubes roses d'un coup et se mit à mastiquer avec fureur. L'idée était simple : obtenir un projectile poisseux à jeter sur la lame de scie dans l'espoir de l'engluer.

Par-dessus le duel qui faisait rage, Klaus recracha son quadruple chewing-gum et le jeta de toutes ses forces en direction de la scie.

Las ! le projectile parut hésiter, puis retomba au sol, loin du but, avec un petit bruit visqueux. Il était bien trop léger pour le tir à longue distance. L'air l'avait freiné comme une boulette de papier.

Houkkita-houkkita-houkkita… Horreur ! la scie changeait de ton à nouveau. Elle entamait une nouvelle couche de semelle, la dernière peut-être. Charles ferma les yeux. Klaus se mit à mastiquer avec rage une nouvelle fournée de chewing-gums, deux fois plus grosse que la première – mais cela suffirait-il ?

Incapable de regarder cette scie plus long-temps, Klaus détourna les yeux tout en mâchouillant. C'est alors que son regard tomba sur les limes et qu'une nouvelle idée lui vint.

Une idée, c'est comme un éclair : ça jaillit d'un

coup. Retrouver le chemin parcouru est loin d'être aussi rapide, un peu comme s'il fallait retracer chacun des zigzags de l'éclair. Pourtant, l'idée de Klaus mérite qu'on décrive, en gros, son itinéraire.

Au temps de son enfance heureuse, à l'âge de huit ou neuf ans, Klaus avait un jour dévoré un livre sur les poissons, et il avait supplié ses parents de l'emmener à la pêche. Sa mère l'avait mis en garde : à son avis, la pêche était l'une des activités les plus ennuyeuses au monde. Elle n'en avait pas moins déniché, dans le sous-sol de la maison, deux cannes à pêche empoussiérées et accepté d'emmener Klaus faire un essai sur le lac voisin. Klaus avait été bien déçu. Loin de tirer de l'eau, comme il l'espérait, chacun des poissons variés dont il avait lu la description, il avait passé l'après-midi assis au fond d'une barque, sans rien faire et sans bouger pendant des heures et des heures. Il fallait se tenir coi pour ne pas effrayer le poisson, mais de poisson il n'y avait pas, ni d'amusement, ni de surprise. On pourrait se demander pourquoi Klaus, en cet instant dramatique, se rappela soudain ces heures d'ennui, mais un détail de ce souvenir se révéla fort utile.

Tandis que Prunille tenait tête au Dr Orwell, Violette à MacFool et Shirley, ce pauvre Charles à la scie, Klaus réinventait dans la fièvre la technique de la pêche au lancer. Le lancer, pour le pêcheur, consiste à projeter le fil à pêche le plus loin possible sur l'eau grâce à un geste savant du poignet. Aucun des lancers de Klaus n'avait rapporté de poisson, mais, dans le cas présent, peu importait. Le but était de sauver Charles.

Vite, il se saisit d'une lime et colla à l'extrémité son méga-chewing-gum mâché. L'idée était de faire du chewing-gum un fil à pêche extensible au bout de la lime changée en canne, et de tenter un lancer de chewing-gum en direction de la scie. Bien plus qu'à une canne à pêche, l'objet obtenu ressemblait à un chewing-gum au bout d'une lime, mais l'aspect était sans importance. Seul comptait l'objectif : engluer la scie.

Klaus prit son souffle et lança.

Plop ! À sa grande joie, le chewing-gum s'étira, s'étira, exactement comme un fil à pêche s'étire au-dessus de l'eau. Hélas ! à sa désillusion, il n'atterrit pas sur la scie. Raté ! Il s'était collé sur la ficelle qui ligotait Charles. Le malheureux Charles, sous ses liens, se tordait comme un poisson, et une autre idée vint à Klaus. Tout n'était peut-être pas perdu !

Alors, rassemblant ses forces – et dix jours de dur labeur l'avaient passablement musclé –, Klaus se mit à tirer, tirer. Et le chewing-gum, d'excellente qualité, finit par ébranler le tronc. Oh ! le tronc ne bougea pas beaucoup, ni très vite, ni très élégamment, mais il bougea juste ce qu'il fallait. Les odieux *houkkita* redevinrent des *rhmmm* assoupis. La scie continuait de scier en somnambule, mais ses dents ne mordaient plus que l'air.

Charles regarda Klaus, les yeux humides, et, quand Prunille jeta un coup d'œil, elle vit que son frère avait les yeux humides aussi.

Mais Georgina Orwell, voyant Prunille distraite, crut tenir la victoire. De la pointe d'une de ses bottes, elle jeta la petite à terre et l'y coinça sous sa semelle. Puis elle éclata d'un rire sarcastique.

— Je crois bien que nous le tenons, pour finir, notre abominable accident aux Établissements Fleurbon-Laubaine !

Et elle disait vrai. Il y eut bel et bien un abominable accident à la scierie Fleurbon-Laubaine.

166

Un funeste, funeste accident. Car, juste comme Georgina Orwell s'apprêtait à laisser tomber, par pure mégarde délibérée, la lame de son épée sur le petit gosier de Prunille, la porte du hangar s'ouvrit à la volée et un nuage de fumée entra dans la salle des machines.

— Qu'est-ce que c'est que ce barouf ?

M. le Directeur !

Georgina Orwell se retourna, saisie.

Quand on est saisi, bien souvent, on fait un pas en arrière. Et, parfois, un pas en arrière conduit à un accident. Ce fut le cas en l'occurrence. Avec ce pas, Georgina Orwell recula vers les dents de la scie, et ce qui devait arriver arriva.

Chapitre XIII

Affreux, affreux, affreux, répétait la fumée de cigare. Affreux, affreux, affreux.

— Positivement, approuva Mr Poe, toussant dans son mouchoir. Quand vous m'avez appelé, ce matin, pour m'exposer les faits, ils m'ont paru si affreux que j'ai annulé tous mes rendez-vous pour sauter dans le train. Il m'a semblé que ma présence à La Falotte était requise.

— Nous vous en sommes très reconnaissants, dit Charles.

— Affreux, affreux, affreux, répétait la fumée.

169

Assis sur le plancher du bureau directorial, les enfants Baudelaire regardaient les adultes discuter et se demandaient comment on pouvait rester aussi calme. Le qualificatif *affreux*, même répété neuf fois d'affilée, manquait affreusement de mordant pour décrire les horreurs de la matinée.

Violette tremblait encore en revoyant Klaus hypnotisé. Klaus tremblait encore en revoyant Charles à deux doigts de se faire débiter en planches. Prunille tremblait encore en revoyant cette lame d'épée impossible à mordre. Et, bien sûr, tous trois tremblaient encore en revoyant Georgina Orwell reculer vers les dents de la scie. Aucun d'eux ne se sentait d'humeur à discuter.

— C'est tout de même un peu raide, disait la fumée de cigare, que cette oculiste – ou ophtamologiste, ou ophtalmologue, ou docteur Quat'zyeux, comme vous voudrez – ait été une hypnotiseuse, et qu'elle ait hypnotisé Klaus. Tout ça pour s'emparer de la fortune Baudelaire. Une chance que Violette ait réussi à déshypnotiser son frère. Sinon, allez savoir quels dégâts il aurait encore provoqués, en plus du sabotage de la ficeleuse.

— C'est tout de même un peu raide, disait Charles, que ce voyou de contremaître soit venu me tirer du lit aux aurores pour me traîner dans la salle des machines, me ligoter à un tronc, me livrer à la scie, tout ça pour s'emparer de la fortune Baudelaire. Une chance que Klaus ait trouvé le moyen d'écarter ce tronc. Sinon, allez savoir dans quel état je serais, alors qu'à part cette éraflure au gros orteil…

— C'est tout de même un peu raide, disait Mr Poe entre deux toussotements, que cette Shirley se soit mis en tête d'adopter les enfants, tout ça pour s'emparer de la fortune Baudelaire. Une chance que nous ayons vu clair dans son jeu ! Elle n'a plus qu'à retourner à son emploi de réceptionniste.

À ces mots, Violette retrouva sa voix.

— Réceptionniste, Shirley ? Jamais de la vie ! Elle n'est même pas Shirley ! Elle est le comte Olaf.

— Désolé, dit la fumée, mais ça, c'est trop raide. Je refuse de l'avaler. Cette jeune femme, je lui ai parlé ; elle n'a rien d'un comte Olaf. Il est exact qu'elle a les sourcils soudés, mais des tas de gens charmants ont les sourcils soudés.

— Veuillez excuser les enfants, M. le Directeur, dit Mr Poe. Ils ont un peu tendance à voir le comte Olaf partout.

— Mais c'est qu'il *est* partout, souligna Klaus, amer.

— En tout cas, reprit le directeur, il n'a jamais mis les pieds à La Falotte. Je suis le patron, ici ; je sais ce que je dis. Nous avons ouvert l'œil, et le bon !

– Vilif, fit Prunille, autrement dit : « Mais il était déguisé, comme toujours ! »

— Pourrions-nous aller voir cette demoiselle Shirley ? hasarda Charles. Les enfants ont l'air d'insister. Qui sait ? Si Mr Poe jetait un coup d'œil à cette réceptionniste, nous aurions peut-être une chance d'éclaircir l'affaire.

— Shirley et MacFool sont sous clé, déclara le directeur. Dans la bibliothèque, sous la surveillance de Phil. Ça nous fait une salle de garde à vue, en attendant d'y voir clair. Bien la première fois que cette bibliothèque trouve une utilité.

— Oh ! M. le Directeur, la bibliothèque a déjà rendu service, rectifia Violette. Sans ce gros bouquin et ce que j'ai pu y découvrir sur l'hypnose, vous n'auriez même plus d'associé.

— Ça, on peut le dire, vous êtes des enfants doués, assura Charles avec gratitude.

— Des enfants très doués, approuva le directeur. En pension, vous ferez des étincelles.

— En pension ? fit Mr Poe.

— En pension, confirma le directeur avec un hochement de fumée. En pension, ou chez cette dame Shirley. Ne me dites pas que vous pensiez que j'allais les garder ici, après le chambard qu'ils ont causé ? Je tiens à la réputation de ma maison !

— Le chambard ? se récria Klaus. On n'y est pour rien !

— Veux pas le savoir. Un marché est un marché. Nous étions convenus que je tenais votre comte Olaf à l'écart, et de votre côté vous ne deviez pas causer d'accidents. Vous n'avez pas rempli votre part du contrat.

— Hichti ! protesta Prunille, autrement dit : « Mais vous non plus, vous n'avez pas rempli votre part du contrat ! »

Le directeur ne parut même pas l'entendre.

— C'est simple, décida Mr Poe, allons voir cette Shirley. Ainsi nous pourrons, en connaissance de cause, régler la question de savoir si le comte Olaf a mis les pieds ici.

Les adultes tombèrent d'accord, et les trois enfants les suivirent à la bibliothèque. Phil était assis devant la porte bleue, un gros livre sur les genoux.

— Bonjour Phil, dit Violette. Ça va mieux, cette jambe ?

— Oh ! beaucoup mieux, répondit Phil avec un petit geste vers son plâtre. Je n'ai pas quitté cette porte des yeux, M. le Directeur. MacFool et Shirley sont toujours là-dedans. Oh ! et à propos : intéressant, ce bouquin sur *La Falotte et sa Constitution*. Y a pas mal de mots un peu longs pour moi, mais il semblerait que ce soit pas très légal de payer ses ouvriers en bons de réduction et d…

— On reparlera de tout ça une autre fois, coupa le directeur. Pour le moment, c'est Shirley que nous venons voir.

Il ouvrit la porte. Sagement assis chacun à une table, près de la fenêtre du fond, Shirley et MacFool semblaient plongés dans la lecture. Shirley leva le nez de l'ouvrage du Dr Orwell et, de ses griffes vernies, salua gaiement les enfants.

— Oh ! les petits, quelle joie de vous revoir !

dit-elle de sa voix perchée. Je me faisais tant de souci pour vous !

— Et moi aussi, dit MacFool. Surtout maintenant que je suis déshypnotisé. Me revoilà doux comme un agneau. Je me sens le cœur bon, si vous saviez !

— Parce que vous étiez hypnotisé, vous aussi ? s'étonna le directeur.

— Évidemment ! assura Shirley, étirant un bras d'araignée pour caresser la tête de Klaus. Vous pensez bien que, sinon, jamais nous n'aurions agi de manière aussi cruelle, surtout avec des enfants si mignons !

Sous ses faux cils, ses petits yeux luisaient comme ceux d'un loup après un long jeûne.

La fumée de cigare se tourna vers Mr Poe.

— Voyez ? Qu'est-ce que je disais ? Ça me semblait un peu raide, aussi ! Et vous voyez bien que Shirley n'est pas votre comte Olaf !

MacFool mit une main en cornet à son oreille.

— Le comte Comment-vous-dites ? Jamais entendu parler de ce bonhomme.

— Moi non plus, prétendit Shirley. Il est vrai que je ne suis qu'une modeste réceptionniste.

— Modeste réceptionniste, peut-être,

enchaîna le directeur, mais parions que vous serez aussi la plus gentille des petites mamans. Qu'en pensez-vous, Mr Poe ? Shirley brûle d'élever ces enfants, alors que pour moi ils ne sont qu'une source d'ennuis.

— Non ! s'écria Klaus. Pas Shirley ! Surtout pas elle : c'est le comte Olaf !

Mr Poe toussa longuement dans son mouchoir blanc et les enfants attendirent, retenant leur souffle. Enfin, il replia son mouchoir et dit à Shirley :

— Madame, euh, mademoiselle… Je suis absolument désolé, mais ces enfants sont convaincus que vous êtes une personne du nom de « comte Olaf », déguisée en réceptionniste.

— Comment ? Mais quelle idée ! Si vous voulez, venez avec moi au cabinet du Dr Orwell, et vous verrez la plaque sur mon bureau. Mon nom y écrit : *Shirley.*

— Pardonnez-moi, dit Mr Poe, mais ça me semble un peu léger, comme preuve. Auriez-vous l'amabilité de nous montrer votre cheville gauche ?

— Quoi ? s'offusqua Shirley. On ne regarde pas les jambes des dames ! C'est parfaitement incorrect. Vous devriez le savoir !

Mais, pour une fois, Mr Poe ne faiblit pas.

— Je suis désolé, dit-il. C'est le seul moyen de vous mettre hors de cause. Si votre cheville gauche est exempte d'œil tatoué, c'est qu'à peu près sûrement vous n'êtes pas le comte Olaf.

Les yeux de Shirley se firent luisants, luisants, et, avec un grand sourire aux dents jaunes, elle souleva sa jupe d'un geste léger.

— Et si elle en est pourvue, hein ? dit-elle. Si elle est pourvue d'un œil tatoué ?

Douze yeux se braquèrent sur sa cheville gauche. Un œil unique, artistiquement tatoué, leur répondit de son regard fixe : un œil en tout point identique à celui du cabinet Orwell, qui narguait les orphelins depuis leur arrivée à La Falotte ; un œil en tout point identique à celui qui parait la jaquette du *Précis d'ophtalmologie avancée* et hantait les enfants depuis qu'ils l'avaient vu ; un œil en tout point identique à celui qui ornait la cheville du comte Olaf – tellement identique que c'était lui, cet œil qui épiait les orphelins Baudelaire depuis qu'ils erraient hors du nid.

— Conclusion, déclara Mr Poe après un

silence : vous n'êtes pas Shirley. Vous êtes le comte Olaf, et en état d'arrestation. Je vous mets en demeure de vous défaire de cet accoutrement ridicule !

— Oh ! moi aussi, gloussa MacFool, je suis en demeure de me défaire de cet accoutrement ridicule ?

Et d'un geste théâtral, sans attendre la réponse, il retira sa perruque de nouilles. Les enfants ne furent pas surpris de le découvrir chauve comme un galet – ils l'avaient deviné depuis le début – mais quelque chose, dans la forme de ce crâne, leur parut étrangement familier.

Puis, ses yeux de poisson sur le trio Baudelaire, il dénoua sans hâte son masque de chirurgien. Un long nez se libéra de la toile qui l'écrasait et les enfants le reconnurent instantanément.

— Le chauve... dit Violette.

— Au long nez... dit Klaus.

— Plimoc ! résuma Prunille, autrement dit : « Le chauve au long nez du comte Olaf ! »

— Aha ! dit Mr Poe. Nous faisons coup double, à ce que je vois.

— Coup triple, en comptant Georgina, ricana

le comte Olaf (et quel soulagement de n'avoir plus à l'appeler Shirley !).

Coup double seulement, en vérité, car jamais bras tronçonné n'a empêché fripouille de s'évader d'un hôpital, mais c'est une tout autre histoire et nous n'y reviendrons pas.

— Assez dit de sottises ! coupa Mr Poe. Vous, comte Olaf, vous êtes en état d'arrestation pour divers meurtres et tentatives de meurtre, escroqueries et tentatives d'escroqueries en tous genres, et vous, très cher ami chauve au long nez, vous êtes en état d'arrestation pour complicité des crimes susdits.

Le comte Olaf s'ébroua, envoyant voltiger ses boucles blondes, et sourit aux orphelins de ce sourire qu'ils connaissaient bien. C'était le sourire du comte Olaf que l'on croyait pris au piège alors qu'il ne l'était pas. Le sourire du comte Olaf en train de jubiler d'avance, tandis que son cerveau maléfique tournait à mille tours.

Soudain, il brandit à deux mains le *Précis d'ophtalmologie avancée*.

— Excellent ouvrage, n'est-ce pas, les orphelins ? Il vous a rendu un fier service. Eh bien, à mon tour !

Il pivota et, à la volée, balança le lourd volume dans un carreau de la fenêtre. La vitre vola en éclats avec le son joyeux du verre brisé. La trouée obtenue était juste au diamètre d'un trou d'homme, et le chauve, en un clin d'œil, s'y coula comme une anguille, non sans plisser son long nez en direction des enfants. Le comte Olaf éclata d'un grand rire diabolique et suivit prestement son complice.

— À la prochaine, les orphelins ! lança-t-il par-dessus son épaule en retombant sur ses pieds dans la rue. Je reviendrai vous chercher, n'ayez crainte !

— Juste ciel ! gémit Mr Poe. Les voilà qui s'évadent !

M. le Directeur bondit à la fenêtre et, passant la tête à la trouée, se mit à hurler à pleins poumons, à l'intention des deux silhouettes qui détalaient sur leurs longues jambes, pareilles à deux araignées :

— Et qu'on ne vous revoie plus ici, hein ! Jamais plus, vous m'entendez ? Les orphelins n'y seront pas, de toute manière ! Alors, n'y revenez pas !

— Comment ça, les orphelins n'y seront pas ?

180

s'enquit Mr Poe, sévère. Vous aviez passé un marché, et vous n'avez pas honoré votre contrat. Le comte Olaf a bel et bien mis les pieds ici.

Le directeur se retourna et redevint nuage de fumée.

— Aucune importance, dit-il avec un revers de main. Partout où vont ces trois-là, les calamités pleuvent. Merci bien, j'ai déjà donné !

— Mais M. le Directeur, risqua Charles, ce sont des enfants si gentils !

— Désolé, affaire classée. Je suis le patron, que je sache ! Le patron a le dernier mot, et le dernier mot est celui-ci : plus d'orphelins Baudelaire aux Établissements Fleurbon-Laubaine. Point final.

Les enfants échangèrent des regards. Quitter La Falotte ne les navrait guère. Même la pension ne pouvait être pire, tout compte fait, que la scierie Fleurbon-Laubaine. (Ici, l'honnêteté m'oblige à dire que les malheureux se trompaient. Si, la pension pouvait être pire. Mais, pour l'heure, les trois orphelins ignoraient tout des fléaux à venir ; ils ne connaissaient que les fléaux déjà rencontrés, et ceux qui venaient de filer par la fenêtre.)

Violette fit un pas en avant.

— On ne pourrait pas commencer par appeler la police ? Il est peut-être encore temps de rattraper le comte Olaf.

— Excellente idée, Violette, dit Mr Poe (qui aurait beaucoup mieux fait d'avoir eu cette idée lui-même, et de l'avoir déjà mise en application). M. le Directeur, pouvez-vous dire où est votre téléphone, s'il vous plaît, que nous alertions les autorités ?

— Suivez-moi, gronda le directeur. Mais n'oubliez pas, j'ai dit mon dernier mot. Charles, un lait-fraise, je vous prie. J'ai soif.

— Oui, M. le Directeur.

Charles suivit les deux hommes, mais, sur le pas de la porte, il se retourna vers les enfants avec un sourire navré.

— Je suis désolé, dit-il. Désolé de penser que nous ne nous reverrons plus. Mais M. le Directeur a dit son dernier mot.

— Nous aussi, dit Klaus, on est désolés. Mille excuses pour les ennuis qu'on vous a causés.

— Vous n'y êtes pour rien, dit Charles d'une voix douce.

Phil apparut, à cloche-pied sur son plâtre.

— Qu'est-ce qui se passe ? J'ai entendu un bruit de verre cassé.

— MacFool a filé, répondit Violette. Et le comte Olaf aussi a filé. (Son cœur sombra à la pensée que c'était bien vrai, tristement vrai une fois de plus.) Ou plus exactement Shirley. Qui était bel et bien le comte Olaf déguisé. Et qui a déguerpi, pour changer.

— Allons ! dit Phil, il faut voir le bon côté des choses. Dites-vous qu'en réalité vous avez bien de la chance…

Le bon côté des choses ? Bien de la chance ? Les enfants se turent. Naguère, du vivant de leurs parents, les choses n'avaient eu que des bons côtés ; l'idée qu'elles puissent en avoir d'autres ne les avait même pas effleurés. Et puis il y avait eu ce terrible incendie ; les choses n'avaient plus eu de côté acceptable, et encore moins de bon côté. De tuteur en tuteur, de toit en toit, ils erraient sans rien connaître d'autre que des tourments. Et à présent la source de leurs tourments venait de s'évader dans la nature une fois de plus. Bien de la chance ? Ils voyaient mal en quoi.

— Comment ça, de la chance ? dit Klaus.

— Voyons, répondit Phil. Réfléchissons.

Et il réfléchit avec eux. De l'autre bout du couloir leur parvenait par bribes la péroraison de Mr Poe au téléphone, en train de décrire le comte Olaf de la tête aux pieds.

— Vous êtes vivants, dit Phil enfin. Ça, c'est une chance. Une sacrée chance ! Et je suis sûr que nous pourrions en trouver des tas d'autres.

Muets, les enfants regardaient Charles et Phil, les seuls de tout La Falotte à leur avoir réchauffé le cœur. Et, tout à coup, ils comprirent une chose : ils avaient beau quitter la scierie sans regrets – ni pour le dortoir, ni pour la cantine, ni pour ce hangar aux machines dont on sortait fourbu, moulu –, ils avaient le cœur serré de faire leurs adieux à ces deux-là.

Et, comme ils songeaient aux séparations, à ceux que l'on quitte et ceux qui s'en vont, ceux qu'on ne reverra plus, de fil en aiguille ils songèrent aussi à ce qui aurait pu arriver de pire. Et si, dans son duel, Prunille avait eu le dessous ? Et si Klaus était resté hypnotisé à jamais ? Et si c'était Violette, et non le Dr Orwell, qui avait reculé vers les dents de la scie ?

Les yeux sur le rayon de soleil qui se coulait dans la pièce par la vitre de l'évasion, ils frissonnèrent à l'idée d'avoir *failli* être séparés. Jusqu'alors, être en vie tous trois ne leur avait pas paru compter comme une chance, mais soudain c'en était une, la plus précieuse sans doute, escortée de tas d'autres chances.

— C'est vrai que c'est une chance, murmura Violette, que Klaus ait réussi à inventer un truc aussi vite, alors qu'inventer n'est pas son fort.

— C'est vrai que c'est une chance, murmura Klaus, que Violette ait trouvé comment me déshypnotiser, alors que la recherche n'est pas son fort.

— Crouif, murmura Prunille, autrement dit : « C'est vrai que c'est une chance, sans vouloir me vanter, que j'aie pu nous protéger de l'épée de Georgina Orwell. »

Les trois enfants laissèrent échapper trois gros soupirs, puis ils échangèrent trois petits sourires d'espoir. Certes, le comte Olaf était en cavale une fois de plus, et il essaierait à nouveau de mettre la main sur leur fortune. Mais, au moins, une fois de plus, il avait raté son coup. Ils étaient en vie tous trois et, devant la vitre brisée, ils se disaient que le mot de la fin était peut-être bien « chance », tout compte fait.

Oui, tout compte fait, ils se disaient qu'ils avaient une chance pharaonique.

FIN

À mon éditeur attentionné

Bien cher éditeur,

Veuillez excuser, je vous prie, les bords déchiquetés de ce billet. Je vous écris depuis le cagibi ayant abrité les orphelins Baudelaire durant leur séjour au collège Prufrock, et quatre crabes de l'endroit ont tenté de m'arracher mon papier à lettres.

Dimanche prochain, en soirée, assistez à la représentation de l'opéra *Faute de mieux*, par la troupe Si Possible, au Grand Théâtre Coucy où vous aurez réservé le fauteuil J-10. Durant l'acte Cinq, éventrez le siège de ce fauteuil au moyen d'un couteau ou de tout autre objet tranchant. Vous y trouverez mon manuscrit intitulé *The Austere Academy*, relatant le triste séjour en pension des trois enfants Baudelaire, ainsi que les objets suivants : a) un hideux plateau de réfectoire ; b) sept agrafes faites main ; c) le rubis (absolument faux) du turban de Mr Gengis.

Vous y trouverez également le négatif d'une photo des deux triplés Beauxdraps, document dont pourra s'inspirer Mr Helquist dans ses travaux d'illustrateur.

N'oubliez pas, vous êtes mon seul espoir : sans vous, jamais le public n'aurait connaissance des aventures et mésaventures des trois orphelins Baudelaire.

Avec mes sentiments respectueux,

Lemony Snicket

Lemony Snicket

LEMONY SNICKET a grandi près de l'océan et, pour l'heure, il vit sous ses eaux. À son horreur et consternation, il n'a ni femme ni enfants, seulement des ennemis, des associés, et à l'occasion un serviteur fidèle. Son procès a été différé, de sorte qu'il a tout le loisir de poursuivre ses enquêtes et de relater pour HarperCollins les tragiques aventures des orphelins Baudelaire.

Rendez-lui visite sur Internet à http://www.harperchildrens.com/lsnicket/
E-mail : lsnicket@harpercollins.com

BRETT HELQUIST est né à Gonado, Arizona, il a grandi à Orem, Utah, et vit aujourd'hui à New York. Il a étudié les beaux-arts à l'université Brigham Young et, depuis, n'a plus cessé d'illustrer. Ses travaux ont paru dans quantité de publications, dont le magazine *Cricket* et le *New York Times*.

ROSE-MARIE VASSALLO a grandi – pas beaucoup – dans les arbres et dans les livres, souvent les deux à la fois. Descendue des arbres (il faut bien devenir adulte), elle s'est mise à écrire et à traduire des livres, entre autres pour enfants (il faut bien rester enfant). Signe particulier : grimpe encore aux arbres, mais les choisit désormais à branches basses.

*Les désastreuses aventures
des Orphelins Baudelaire*

suivent leur cours déplorable dès le mois
de mai 2003 dans le cinquième volume :

Piège au collège

Si vous n'avez pas assez pleuré,
sortez vos mouchoirs et lisez les trois
premiers tomes des *Désastreuses
Aventures des orphelins Baudelaire* :

Tome 1 – *Tout commence mal…*
Tome 2 – *Le Laboratoire aux serpents*
Tome 3 – *Ouragan sur le lac*

Piège au collège
Extrait du Tome V

Les réfectoires et cantines sont des lieux déconcertants. Chacun a ses règles et ses rites, et, pour peu qu'on soit nouveau, on ne sait jamais trop où se mettre. En temps ordinaire, les enfants Baudelaire se seraient assis auprès de leurs amis, mais le temps ordinaire n'existait plus et leurs amis étaient loin, bien loin de Prufrock. Parcourant des yeux l'immense réfectoire peuplé d'inconnus, les orphelins se demandaient s'ils trouveraient jamais où poser leurs plateaux hideux. Pour finir, leur regard tomba sur cette petite brune qu'ils avaient croisée sur la pelouse, celle qui leur avait donné un nom étrange. À tout hasard, ils se tournèrent vers elle.

Vous et moi savons, bien sûr, que la brunette n'est autre que Carmelita Spats, petite pimbêche hargneuse, arrogante et revêche, mais les enfants Baudelaire n'avaient pas encore eu l'occasion de l'apprécier. Loin de soupçonner à quelle peste ils avaient affaire, ils firent un pas dans sa direction... et furent immédiatement renseignés.

Dépôt légal : octobre 2004
N° Éditeur : 10118997
Imprimé en France en septembre 2004
par France Quercy, 46001 Cahors
N° d'impression : 42249/